KLEIDERTANZ

von der Rolle Bd. 1
Roman

Impressum

1.Auflage
Copyright © Anna-Katharina Hölscher 2013
info@anna-hoelscher.de
Fotos:
Charlotte March , mit freundlicher Genehmigung Prof. Dr. Harald Falckenberg
Quelle: Zeitschrift Brigitte

Herstellung und Verlag:

BoD-Books on Demand, Norderstedt
ISBN: 978-3-7322-8400-9
Lektorat: Wortwerk München
http://www.wortwerk-muenchen.de/
Umschlaggestaltung: © Dr. Philipp Lange

Intro/ Prolog

11.6.43
Meine liebe Lilli!
Nun bin ich also wieder zurück in der Stellung. Es hat noch einen Tag länger gedauert. Wir waren vorgestern Abend schon verladen und nach einigen Stunden Wartens hieß es dann doch: Aussteigen – Nebel – Irgend so was kommt ja immer dazwischen. Na, gestern Abend klappte es dann aber mit der Überfahrt. Hatten eine sehr ruhige Fahrt, halb neun waren wir in der Stellung. Hier fand ich fünf liebe Briefe von dir vor, einen mit Zigaretten, einen mit anderem Inhalt. Herzlichen Dank, Mädel. Ist ja gerade, als wenn du es geahnt hättest, wie notwendig ich das brauchte. Hast du fein gemacht... Na, nun will ich aber erst mal berichten. Also:
Es kam natürlich alles sehr plötzlich. Aus der Schreibstube wurde angefragt, wer noch nicht in Paris war. Habe jetzt einen Wachtmeister als Spieß, Fuchs aus Hannover, der den Spieß in seinem Urlaub vertritt. Fuchs

habe ich damals schon Französisch unterrichtet und jetzt ist er auch im Englischen mein Schüler. Außerdem duze ich mich mit ihm. Und dann ging es los. Vormittags schnell zum Arzt zur Untersuchung. Dann nachmittags während der Geländeausbildung um halb fünf hieß es, sofort zur Schreibstube. Musste noch mit dem Fahrrad zur Abteilung, um meinen Marschbefehl zu holen. In Hast zu Abend gegessen, schnell die paar Klamotten gepackt und dann konnte ich zum Glück mit dem Chef im Auto zur Schiffsstelle fahren. Überfahrt wie gewöhnlich. Am Samstagabend kam ich schon in Paris an. Anmeldung. Ich sollte erst wieder nach auswärts in ein Hotel, konnte dann aber für die erste Nacht in einem Übernachtungsheim bleiben. Sonntag morgen bekam ich dann ein Hotelzimmer. Hotel Calais, mitten in der Stadt. Am Sonntag hab ich mir dann allein Paris mal angesehen. Es ist wirklich eine einzigartige Stadt. Wundervolle Bäume und Straßen. Und all die Bauten sind so hingestellt, dass sie von allen Seiten und weithin gesehen werden können. Der Triumphbogen mit dem Grabmal des unbekannten Soldaten ist wirklich ein „Triumph" bogen. Und eine herrlich breite Straße führt darauf zu. Die Straße, auf der unsere Truppen auch in Paris einrückten. Na, ich schick dir nächstes Mal die Photos zu und muss dir das im nächsten Urlaub mal näher zeigen. Schade, dass du nicht dabei sein konntest! Am Nachmittag sind wir dann zu dritt über die Boulevards, die Hauptstraßen, früher die Wälle der alten Stadt, geschlendert. Da bummelte alles her, sehr viel Militär, aber noch mehr Zivilisten. Die Pariserin im Sonntagsstaat natürlich. Ja, die Pariserin! Es ist wirklich auch ein besonderes Frauenzimmer, nicht gerade mein Ideal, aber eben doch was Besonderes, anders als die übrigen Französinnen, eleganter, geschmackvoller, mit viel Chic und Eleganz. Hüte hab ich gesehen! Wagenräder! Wenn man den Hut sieht, kriegt man einen Lachkrampf, aber die Pariserin kann die Dinger tragen. Sie stehen ihr. Auch mit dem Schminken. Die Pariserin versteht es wirklich. Sie malt ihre Lippen, aber geschickt, nicht so blödsinnig und auffällig wie leider meist die deutschen Mädel. Und wenn man mal übel geschminkte Mädel sah, waren es Provinzlerinnen oder - deutsche Mädel, die

Paris nachmachen wollten. So was steht der Pariserin, es passt zu ihrem Charakter und ihrer Erscheinung, aber eben nicht für ein deutsches Mädel. Und dann das Leben auf den Straßen! Alles ist draußen. Viele sitzen in und vor den Cafés. Die Cafés sind zur Straße hin vollkommen offen und fünf bis zehn Reihen Stühle stehen noch auf dem Bürgersteig, alle mit dem Blick zur Straße, und davor wandelt dann alles hin. Schaustellung! Sah sogar einen Frisiersalon. Die ganze Front Fenster, direkt am Fenster saßen die Damen und Dämchen mit ihren Apparaten um den Kopf, jedem sichtbar, vor allem aber – sie kann selbst alles auf der Straße beobachten. Und so ist das auf den riesenlangen Boulevards, die sich genau wie die Promenaden in Münster rund um die Altstadt ziehen und auf der endlos langen Prachtstraße, den Champs Elysées, die zum Triumphbogen führen. Zur Schau stellen, das ist pariserisch. Gebäude, Menschen, Kleidung, und in den großen Kabaretts eben auch der unbekleidete menschliche Körper, alles wird zur Schau gestellt. Es ist eben im Gegensatz zum Deutschen doch eine ziemlich aufs Äußerliche eingestellte Kultur.

Auch die Unterhaltung ist eine solche Schaustellung des Geistes, man zeigt Esprit, Witz, Wendigkeit, lässt seine Sprachtalente aufblitzen, es kommt gar nicht so sehr auf den Inhalt an, auch nicht, dass einer unbedingt zuhört, man muss sich aber zeigen können. Für den Deutschen, besonders für den doch innerlich veranlagten und in jeder Beziehung zurückhaltenden und keuschen Niedersachsen, der seine Gefühle ungern, wenn überhaupt, preisgibt, ist das mal ganz interessant zu beobachten, aber eben fremd.
Und abends waren wir dann in dem Kabarett, den Folies Bergères, einem der berühmtesten Kabaretts. Auch das ein Erlebnis. Es war wirklich großartig. Die Mädels natürlich nur sehr sparsam bekleidet. Na, ich will dir doch mal das Programm zuschicken. Oben hatten sie im Allgemeinen nichts, unten oft nur so ein kleines Dreieck wie ein Feigenblatt. In Cherbourg waren auch wohl mal so genannte Pariser Revuen, habe nur eine gesehen, war ziemlich plump und infolgedessen widerlich. Diese Revue wirkte trotz der Nacktheit keineswegs schwül oder grob sinnlich. Es waren natürlich ausgesucht schöne Körper, ist ja

klar. Und das Wesentliche waren aber doch die Bühnengestaltung, die phantastischen Beleuchtungswirkungen, die Kostüme, die Farben. Na, so was muss man gesehen haben. Man kann es nicht schildern. In Deutschland ist so etwas natürlich kaum denkbar, es würde da sofort in eine Schweinerei, in eine Orgie ausarten. Diese unbekümmerte Zurschaustellung ist eben für den Deutschen unnatürlich. Für einen Neger ist ja völlige Nacktheit auch das natürliche Gewand und auch für uns nicht anstößig. Es dauerte von abends acht bis halb elf mit nur einen kurzen Pause, sonst folgte Nummer auf Nummer ohne jede Unterbrechung.
(...)
Also, grüß Oma, Tante Marianne, - wünsch beiden gute Besserung – und Mathilde. Den Kindern einen herzlichen Kuss. Und du selbst sei recht lieb in den Arm genommen und geküsst von deinem To.

Die rote Strickjacke

„Du bekommst eine neue Strickjacke zur Einschulung", hat Mutter gesagt. „Wir gehen beide zusammen einkaufen."
Kathrin ist unsicher, sie freut sich einerseits, dass Mutter mit ihr einkaufen geht, andererseits weiß sie nicht so recht. Mutter hat es immer so eilig.
Auf die Schule freut sie sich. Es wird ihr langweilig, jeden Tag mit den Nachbarskindern zu spielen. Es ist kein Mädchen in ihrem Alter dabei. Ein älteres Mädchen aus dem Haus lässt sie zuschauen, wenn sie zeichnet. Kathrin zeichnet nicht gern. Also zeichnet das Nachbarmädchen für sie mit. Sie schreibt dazu Texte und bindet die Seiten zu einem Heft. Als sie eines dieser Hefte Kathrin gibt, schenkt sie es ihren Eltern zu Weihnachten. Kathrin schämt sich ein wenig, weil sie sich fragt: Was kann ich denn selbst machen?
Ihre Zeichnungen sind sehr ungelenk – außerdem haben sie schon einen Zeichner im Haus, ihren Bruder Franz.
Einmal erzählt das Nachbarmädchen ihr

auf einem langen Spaziergang durch verwilderte Landschaft Geschichten, sie heißen Sagen und handeln von geheimen Schätzen und gefährlichen Abenteuern.
Nun ist mit der Schule die Zeit zur Veränderung gekommen. Kathrin ist neugierig auf das Lernen in der Schule, und voller Vorfreude.
Mutter geht schnell. Kathrin versucht ihr zu folgen, vorbei an düsteren Altbauten und noch einigen Ruinen, die vom Krieg übrig geblieben sind. Die meisten Häuser sehen grau und schäbig aus. Kathrin stört das nicht. Im Gegenteil, die Häuser sehen dadurch viel geheimnisvoller aus. In den Ruinen und verwilderten Gärten, da kann man so viel entdecken!
Irgendetwas liegt in der Luft. Die Eltern freuen sich. Man kann alles kaufen, sonntags gibt es Schweine- oder Sauerbraten. Es gibt genug zu essen. Der Krieg und all das Schreckliche ist vorbei. Und, Gott sei Dank, Vater ist wieder nach Hause gekommen! Sie haben Glück gehabt.
Mutter geht schweigend, mit ernstem Gesicht. Manchmal knickt sie um, geht aber

weiter, ohne sich verletzt zu haben. Sie wirkt angespannt. Kathrin fühlt sich überflüssig und ein wenig störend. Im Laden probiert sie eine Jacke an. Rot kariert. Die Wolle kratzt ein bisschen, aber das Rot leuchtet.
Endlich lächelt Mutter.
„Gefällt sie dir?"
„Ja, Mutti! Kann ich sie haben?", fragt Kathrin ungläubig.
„In der Schule sollst du was Anständiges tragen. Wir nehmen sie."
Zu Hause zieht sie die Jacke an und betrachtet sich im Spiegel. Sie steht vor dem Kleiderschrank, der hoch ist und etwas klobig gebaut, oben mit Jugendstil Elementen verziert. Sie schneidet eine Grimasse und stupst mit der Nase an den Spiegel, tritt einen Schritt zurück und schließt die Augen. Plötzlich fühlt sie unter sich so etwas wie ein Laufband. Es bewegt sich nach vorn. Als sie ihre Augen wieder öffnet, sieht sie ein Buch einladend auf einem Stehpult. Neugierig tritt sie einen Schritt näher und schlägt die erste Seite auf.

Vor ihr erstreckt sich eine blühende Wiese mit Kornblumen, Klatschmohn, Gräsern und leuchtenden Blumen. Dahinter steht ein großes Haus, von hohen Bäumen umringt. Es sieht aus wie ein Gutshaus, stattlich und sicher sehr geräumig. Jetzt kommt eine Frau in einem eleganten, geblümten Kleid aus der Tür. Sie geht die Stufen hinunter, sieht Kathrin und kommt auf dem Pfad um die Wiese herum auf sie zu. Sie lächelt sie an und bleibt ein paar Schritte vor ihr stehen.
„Hallo!", sagt sie.
Kathrin lächelt schüchtern.
„Gefallen dir die Blumen?"
Kathrin nickt, immer noch sehr vorsichtig.
„Möchtest du mitkommen?" Die Dame lächelt sie so freundlich an, als ob sie sie schon lange kennen würde.
Dann dreht sie sich um und geht zum Haus zurück. Kathrin folgt ihr. Sie betreten eine große Diele, die mit dunklem Holz getäfelt ist. Durch eine geöffnete Tür auf der gegenüberliegenden Seite fällt Licht herein, warmes Sonnenlicht. Die Dame wendet sich nach rechts und beide

betreten eine große geräumige Küche mit weiß-blauen Kacheln.

Auf einem mit Holz gefeuerten Herd stehen Töpfe. Es brodelt leise und riecht nach Kräutern. Auf dem Tisch liegt ein Buch.

Ihre Gastgeberin setzt sich an den Tisch und gießt ihr ein Glas Milch aus einem Krug ein. Während sie es zu Kathrin herüber schiebt, lächelt sie sie an.

„Soll ich dir etwas vorlesen?" Sie nimmt das Buch in die Hand.

„Ja.", sagt Kathrin zögernd und setzt sich auf den Stuhl ihr gegenüber.

Die Dame schlägt das Buch auf und beginnt:

„Es waren einmal ein König und eine Königin, die hatten keine Kinder und waren darüber gar sehr betrübt. Sie reisten zwar in alle möglichen Bäder, sie sparten nicht mit Gelübden und Wallfahrten, aber nichts wollte helfen. Endlich wurde die Königin dennoch guter Hoffnung und kam mit einer Tochter nieder. Eine schöne Tauffeier wurde ausgerichtet, und um diese Tochter recht glücklich zu machen,

bat man alle Feen aus dem ganzen Lande, derer sieben waren, zu Gevatterinnen, damit ihr jede, wie es damals unter den Feen üblich war, ein Geschenk machen und die Prinzessin auf diese Weise alle nur möglichen Vollkommenheiten erhalten möchte. Nach der Taufe ging die ganze Gesellschaft in den königlichen Palast, wo man den Feen ein herrliches Gastmahl gab. Jeder legte man ein prächtiges Kuvert auf, mit einem Futteral von gediegenem Golde, in welchem Messer, Gabel und Löffel steckten, alles von dem feinsten Golde, mit Diamanten und Rubinen besetzt. Da sich aber die ganze Gesellschaft schon zu Tische gesetzt hatte, öffnete sich die Tür und eine alte Fee trat herein, die nicht eingeladen worden war, weil sie nun seit länger als fünfzig Jahren nicht mehr ausging und weil man glaubte, sie wäre in ihrem Turme gestorben oder verzaubert."
Sie blickt auf und lächelt Kathrin an.
„Ich kenne die Geschichte. Das ist doch Dornröschen.", sagt Kathrin.
„Sie ist ein bisschen anders als Dornröschen. Dornröschen auf Französisch, von

einem Schriftsteller geschrieben, der Charles Perrault heißt."

Kathrin nickt. „Papa ist Französischlehrer. Er war in Frankreich. Im Krieg. Wir haben einen Krug aus Frankreich im Wohnzimmer stehen, auf dem Büfett. Einen bemalten Krug."

Die Dame lächelt und legt das Buch beiseite, steht auf und nimmt den Deckel von einem der Töpfe. Ein wunderbarer Duft nach gebratenem Fleisch zieht zu Kathrin herüber. Die Dame gießt ein wenig Wasser in den Topf und wischt sich die Hände an der Schürze ab.

Kathrin steht vor dem Spiegel und reibt sich die Augen.

Kein Kleid

Sie sitzt mit roten Wangen in der Ecke und liest „Das Geheimnis um einen entführten Prinzen" von Enid Blyton.
In der Wohnung ist es still. Mutter ist vom Mittagsschlaf aufgestanden. Seit einiger Zeit legt sie sich mittags mit einem Bauchwickel ins Bett, weil sie es mit der Galle hat. Mutter öffnet die Tür. Kathrin blickt auf, als ihre Freundin Gisela und eine weitere Schulkameradin das Zimmer betreten, das sie mit ihrer großen Schwester Helena teilt. Es gibt ein Klappbett und ein richtiges Bett. Wenn das Klappbett ausgeklappt ist, kann man sich kaum bewegen. Helena ist neun Jahre älter, sie streiten sich oft. Kathrin liebt ihre große Schwester sehr, aber zusammen in einem so kleinen Zimmer, das kann nicht gut gehen. Das Gymnasium nervt Helena. Sie will eine Lehre machen und am liebsten einen Freund finden, mit dem sie zusammenziehen kann, sich verloben und heiraten, und dann Kinder bekommen, eine richtige, eigene Familie haben.
„Wollen wir raus gehen, Ballprobe spielen?",

fragt Gisela.

„Mutti, wir gehen raus, Ball spielen!", ruft Kathrin.

„Ihr könntet doch auch in den Garten gehen und die Falläpfel aufsammeln."

„Oh ja, wollen wir?" Die beiden Mädchen wollen auch.

Die Eltern haben die Hälfte vom Garten zur Verfügung, der hinter dem Jungen-Gymnasium liegt, an der Kathrins Vater Lehrer ist.

„Nehmt das Netz mit!" Mutter ist schon auf dem Weg zum Einkaufen.

Fünf Kinder, davon drei Söhne, Kathrinchen, der Nachkömmling, der Mann und die unverheiratete Schwester, die aus der „Ostzone" gekommen ist, weil sie dort keine Möglichkeit hatte, ihren Lebensunterhalt zu verdienen, wollen versorgt werden. Die zehn Jahre ältere Schwester der Mutter bekommt hier im Westen eine kleine Rente und hilft im Haushalt mit. Das Zimmer von Tante Mathilde liegt neben Kathrins Zimmer, Kathrin muss immer durch das Zimmer der Tante, wenn sie in ihr eigenes Zimmer will, das ist manchmal lästig, vor allem wenn die Tante ihren Mittagsschlaf hält. Jetzt ist sie vertieft in ihre

Briefe, die sie täglich an ihre vielen Freundinnen nach Leipzig schreibt, und nickt den Mädchen nur kurz zu.

Die Freundinnen verlassen die Wohnung. Es ist eine Neubauwohnung, sozialer Wohnungsbau, die Eltern waren erleichtert, aus der schäbigen Altbauwohnung ausziehen zu können. Die Mädchen laufen über die Straße, den großen Schulhof, der so ungewohnt ruhig und leer ist. Morgens toben hier die Jungs herum, auch Kathrins Brüder gehören dazu, sie sind schon älter und verziehen sich in der Pause in die elterliche Wohnung zum Rauchen.

„Hier ist es!" Kathrin zeigt stolz auf den Garten mit seinen Obstbäumen, den Gemüsebeeten und den Blumen. Vater, der vor dem Krieg den großen Garten auf dem Dorf beackert hatte, kann es jetzt nicht mehr, er hat ein Bein verloren. Die Eltern erzählen viel vom Krieg. Die meiste Zeit war Mutter allein mit Kathrins Geschwistern und sie hatten manchmal wenig zu essen. Die Bauern wollten nichts abgeben.

„Dat mötn wi alns läwern", haben sie gesagt Sie müssten alles abliefern.

Jetzt kümmert sich Tante Mathilde um den Garten und die Brüder graben die Erde um, auf der das Gemüse wächst, Kartoffeln, grüne Bohnen, Wurzeln.

„Oh, kuck mal, der sieht schön aus!" Gisela pflückt einen Apfel vom Baum und beißt hinein.

Kathrin ist unsicher. Sollten sie nicht die Falläpfel einsammeln? Aber die sind ja schon halb verfault, das kann Mutti doch nicht gemeint haben. Die vom Baum sehen viel leckerer aus. Irgendwann werden die doch auch gepflückt, oder?

„Kuck mal, den hier!" Voller Begeisterung beißt Gisela in den von ihr gepflückten Apfel.

„Wir könnten Seil springen. Hast du hier irgendwo ein Seil? Oder einen Ball?", schlägt Toni vor.

Kathrin schüttelt den Kopf „Haben wir zu Hause vergessen."

„Kuck mal, hier gibt es Brombeeren!" Toni pflückt die letzten Brombeeren ab und stopft den angebissenen Apfel in ihre Rocktasche.

Als das Netz voll ist, machen sie sich auf den Rückweg. Sie überqueren die Straße, auf der nur selten ein Auto vorbeifährt. Man kann so-

gar auf der Straße Federball spielen. In der Wohnung angekommen, wirft Mutter einen Blick auf ihre gesammelten Schätze und sagt, ein wenig müde vom anstrengenden Einkaufen:
„ Ihr solltet doch die Falläpfel einsammeln!"
Kathrin sagt nichts. Wie peinlich, vor den Freundinnen! Als hätten sie unnütz herumgespielt, während die Mutter vom Arbeiten erschöpft ist und keine freundlichen Worte mehr für sie übrig hat.
„Ja, denn tschüss, bis morgen!" Die Freundinnen trollen sich.
Kathrin bleibt noch ein wenig bei der Mutter, die schweigend die Küche aufräumt. Im Wohnzimmer sitzt Vater und korrigiert Klassenarbeiten. Ihn darf sie jetzt nicht stören, denkt sie, was soll sie auch sagen oder tun? Sie geht in ihr Zimmer und greift nach dem Buch, in dem es so lebendig und lustig zugeht, die Kinder Detektiv spielen und dabei auch noch Kriminalfälle lösen, wofür sie von dem netten Inspektor gelobt werden.

Turnzeug

Kathrin hat die Aufnahmeprüfung bestanden und ist jetzt bei den Ursulinen auf dem Mädchengymnasium.
Um Kathrins ältere Schwester hat sich der Vater sehr gesorgt, hat häufig mit den Lehrerinnen und Ordensschwestern gesprochen, weil ihr das Lernen schwerfiel und sie keine Lust hatte Hausaufgaben zu machen. Das reicht ihm jetzt. Daher sagt er zu Kathrin nur: „Lütten, du machst das schon!"
Kathrin fühlt sich ein wenig vernachlässigt. Auch sie verliert die Lust am Lernen. Im Unterricht schwatzt sie jetzt häufig mit ihrer Freundin und ist unaufmerksam. Frau T. ist enttäuscht und ermahnt Kathrin immer wieder. Aber Kathrin hört nicht darauf.
Als der Sommer zu Ende geht, stellt die Lehrerin ihnen ein Theaterstück vor, das die Klasse zu Weihnachten aufführen wird.
Plötzlich kehrt Kathrins Lerneifer zurück. Sie lernt die Rolle der Prinzessin noch am selben Tag auswendig. Als es darum geht, die Rolle zu vergeben, ist sie sich sicher, dass sie es gut gemacht hat. Aber Frau T. nimmt ein anderes

Mädchen.

„Du hast zwar gut gespielt", sagt Frau T., „störst aber zu oft den Unterricht."

Kathrin ist empört und wütend. Jetzt wird sie erst recht nicht mehr aufpassen! Wenn sie doch gut war, wie kann die Lehrerin sie so hart bestrafen? Statt der Prinzessin soll sie einen Hasen spielen, der nichts sagt, sondern nur albern herum hüpft. Was für ein erniedrigendes Gefühl!

Kathrin verabscheut die „Nonnenschule" von Tag zu Tag mehr.

Über die pludrige Turnhose müssen sie im Sportunterricht noch einen Rock ziehen. Wie sieht denn das aus!

Manchmal provozieren Kathrin und ihre Freundin die Sportlehrerin, indem sie eine enge Stretch-Turnhose anziehen, wie es die Freundinnen tun, die auf einem normalen Gymnasium sind. Dann dürfen sie nicht mitturnen.

Hosen dürfen sie nur tragen, wenn sie Röcke darüber ziehen.

Kathrin kommt in Hosen zur Schule und zieht sich dann auf der Toilette den Rock darüber. Ein Rock über der Hose, wie peinlich!

So will sie sich gar nicht im Spiegel anschauen.
Sie ist bitter enttäuscht von Frau T. Erst lobt die Lehrerin sie ständig, hat sogar einmal zu Mutter beim Elterngespräch gesagt:
„So eine Tochter hätte ich auch gern!"
Mutter hatte sich darüber gefreut.
Doch jetzt, da Kathrin in Ungnade gefallen ist, kann sie der Lehrerin nichts mehr recht machen. Kathrin denkt an Alice im Wunderland, die auch fällt, ganz tief, aber im Buch ist es nicht schlimm.
„Bei mir hat das aber wehgetan, das ist so gemein!", sagt sie zu ihrem Spiegelbild.
Das Spiegelbild blickt sie grimmig an.

Das weiße Kleid

„Kuck mal, mein neues Kleid!" Kathrin läuft zu ihrer mütterlichen Freundin ins Gutshaus, den Spiegel hat sie mühelos durchquert, ein Blick hatte genügt.

Die Dame steht versonnen vor ihrem Rosenbeet und schneidet verwelkte Blüten ab.

„Das Weiß leuchtet ja schon von Weitem. Es steht dir wirklich gut! Was ist denn da drauf, das sieht ja aus wie Zeitungen oder Zeitschriften?"

Kathrin dreht sich, so dass der Rock flattert.

„Zeitungen. Zei – tun –gen! Und ich mach auch eine Zeitung", erklärt sie übermütig.

„Aha, was soll denn drin stehen?"

„Ich habe eine Geschichte geschrieben und ein Kreuzworträtsel gemacht und es soll Anzeigen für Brieffreundschaften geben und noch viel mehr! Einen japanischen Brieffreund hab ich ja schon."

„Japanisch?" Die Dame beendet ihre Arbeit. „Was schreibt der denn so?"

„Ach, wie es in der Schule ist, was er lernen muss, über seine Familie und seine Hobbys und so." Kathrin streicht über ihr Kleid und zupft den Rock zurecht.

„Zeigst du mir deine Zeitung, wenn sie fertig ist?"

„Natürlich! Jetzt will ich aber weiter machen, ich hab ja auch noch Hausaufgaben auf. Mathe ist blöd!"

Sie läuft davon.

Helena verzieht sich aus dem gemeinsamen Zimmer. Bald wird sie ausziehen und dann ist Schluss mit der Enge.

Kaum sitzt Kathrin über ihren Schulbüchern, ruft Tante Mathilde: „Kinder, kommt mal alle nach draußen, wir wollen ein Foto machen!"

Als Kathrin nach draußen kommt, stehen schon alle da, Michael, ihr Bruder, in seiner Marineuniform, weiß und dunkelblau. Er fährt zur See und schreibt ihr Karten mit ausländischen Briefmarken, die sie sorgfältig mit Dampf ablöst und in ihrem Briefmarkenalbum sammelt. Da sind schon einige aus Argentinien und Schweden von den Verwandten ihrer Mutter, aus Spanien und Portugal vom Bruder. Kathrin steht auf einer Leiter, weil sie sonst von allen überragt wird. Ein wenig erhöht neben ihr steht Vater. Er stützt sich auf und schaut aus dem Küchenfenster.

Tante Mathilde lächelt aufmüpfig und hat die Ellenbogen verschränkt, der jüngere Bruder, Josef, in Anzug und Krawatte, steht lässig da wie Cary Grant. Mutter lächelt verschmitzt und trägt ein helles Kostüm auf Taille. Sie stützt eine Hand flott in die Hüfte und hält mit der anderen die Hand ihres Sohnes, des Marinesoldaten. Er wird ja bald wieder in See stechen.
Bruder Franz fotografiert.
Wie schön, wenn wir alle zusammen sind, denkt Kathrin.
Anschließend spielt sie mit den Brüdern auf ihrer Tischtennisplatte, die sie zum Geburtstag bekommen hat. Sie wurde etwas behelfsmäßig zusammengebaut. Deswegen springt der Ball manchmal nicht. Die Brüder können gut schmettern. Manchmal unterhalten sie sich über existentialistische Philosophie, Sartre. Kathrin saugt alles auf und mischt sich manchmal in die Gespräche ein. Mutig redet sie drauflos und schafft es sogar, die Brüder zu provozieren.
Nach dem Tischtennis gehen sie ins Haus. Franz legt im Wohnzimmer eine Platte auf. Kathrin liest „Papa Bues Viking Jazz Band"

auf der Plattenhülle.
Sie mag gar nicht in ihr Zimmer gehen. Hier ist es viel gemütlicher, wenn die Brüder da sind.
Auf die Hausaufgaben hat sie keine Lust mehr. Frau T. ist jetzt immer so schlecht gelaunt.
Manche Mädchen lassen sich schon von Jungen abholen. Wenn Frau T. das mitbekommt, schimpft sie. Kathrin versteht gar nicht, was sie meint, schaut nur fasziniert zu, wie sie das Klassenbuch heftig auf- und zuschlägt. Was hat sie denn nur? Sie erwartet ein Kind, man sieht es schon. Bekommt man davon schlechte Laune?
Ein bisschen schlechte Laune hat Kathrin auch. Sie müsste doch Hausaufgaben machen, hat aber keine Lust. Also ab durch den Spiegel und zur Gutsdame, die sie auf der Bank sitzend vorfindet.
Sie lächelt bei Kathrins Anblick. „Was ist dir denn über die Leber gelaufen?"
„Bald bin ich allein zu Hause. Meine Geschwister sind ja schon groß und ziehen weg." Einen Moment später fällt ihr etwas ein. „Dann habe ich aber das Zimmer für

mich allein! Na ja, wenn unsere Lehrerin nur nicht so unfreundlich wäre! Weil wir jetzt keine Kinder mehr sind und schon manche Mädchen einen Freund haben."

Die Dame ist nachdenklich. „Vielleicht hat sie Sorgen. Das hat wahrscheinlich gar nichts mit euch zu tun."

„Ach so? Dann geh ich jetzt mal meine Hausaufgaben machen. Englisch zuerst, Vokabeln lernen. Und dann Mathe. Bis morgen!"

Der enge kurze Rock

Aus dem oberen Stock tönt Klaviermusik. Vater ist genervt.
„Das klingt wie eine Maschine! Wenn sie wenigstens ein Gefühl für Musik hätte!"
Das Nachbarmädchen übt oft. Da, wo es hakt, immer alles noch einmal, zehnmal und öfter. Kathrin stört es nicht, sie hört gar nicht hin. Vater und Mutter sagen, dass sie selbst einen schönen Anschlag habe, aber Tante Mathilde meckert, wenn Kathrin Fehler macht. Sie fühlt sich beim Üben auf dem Präsentierteller. Das Klavier steht im Wohnzimmer, wo Vater am Schreibtisch sitzt und für die Schule arbeitet oder liest. Wenn sie übt, bekommen das alle mit. Sie traut sich nicht, die Fehlerstellen so oft zu wiederholen wie das Nachbarmädchen. Dann spielt sie eben mit Fehlern. Das gefällt ihr aber selbst nicht. Sie hat Angst vor Tante Mathilde, die richtig böse werden kann, wenn Kathrin sich verspielt. Leider hat letzten Monat auch noch die Klavierlehrerin gewechselt. Die alte Lehrerin war nett und hat Kathrin oft gelobt, die Neue ist angespannt und unfreundlich. Kathrin steht auf, zieht

sich an und fährt mit dem Fahrrad zu ihrer Freundin Jutta. Sie schwärmen beide für einen Jungen, der mit seinen schwarzen Locken ein bisschen wie ein Italiener aussieht. Nachmittags fahren sie oft in der Nähe seiner Wohnung mit den Fahrrädern herum. Manchmal begegnet er ihnen und sie erzählen sich hinterher: „Er hat mich angeguckt!" Irgendwie blöd, denkt Kathrin, wenn er uns beide anschaut.

Mit einer alten Boxkamera, die in der Wohnung herumliegt, macht sie manchmal Fotos. Sie geht dann in die Stadt, um Bilder zu knipsen. Es macht Spaß, aber verliebt sein ist aufregender.

„Ich hab jetzt auch meine Tage", erzählt Kathrin.

Sie ist ein bisschen stolz, möchte nicht das Schlusslicht sein unter ihren Freundinnen. Jutta ist noch nicht so weit und schaut bestürzt drein.

„Und ich kriege einen engen Rock." Kathrin kommt in Fahrt. „Unsere Schneiderin näht mir einen. Ganz toll, in lila mit grauen Streifen. Dazu brauche ich Nylonstrümpfe, oder?"

„Wahrscheinlich." Jutta ist ein bisschen verstimmt. Sie ist sportlich und will gar nichts wissen von engen Röcken, in denen sie sich nicht bewegen kann. „Fahrrad fahren kannst du damit aber nicht!"

Kathrin fällt das auch auf. „Das stimmt, ist schon blöd, aber weite Röcke tragen doch nur kleine Mädchen!"

„Tschüs, ich muss los!" Jutta tritt in die Pedale und radelt davon.

Kathrin bleibt etwas verdattert zurück.

„Tschüs!", ruft sie hinter der Freundin her.

Zu Hause bespricht Mutter mit der Schneiderin die Änderungen.

„Dein Rock ist fertig.", sagt die Schneiderin. „Probier ihn mal an!"

Kathrin zieht den Rock vorsichtig an und schaut in den Spiegel.

„Sitzt doch gut, passt genau!", freut sich die Schneiderin.

Der sitzt wirklich gut, denkt Kathrin, und schaut
stirnrunzelnd auf ihre Kniestrümpfe, die gar nicht zu dem eleganten Rock passen.

Abends erklärt sie den Eltern beim Abendbrot, dass sie mit dem Klavier spielen aufhören möchte.

„Wenn du keine Lust mehr hast, hat es keinen Zweck". sagt Vater und schaut ein bisschen enttäuscht.

Das hellblaue Kleid

Kathrin steht vor dem Spiegel und betrachtet sich in ihrem engen Rock. Sie trägt seidene Strümpfe dazu, die sie mit einem Strumpfhalter befestigt hat. An den Füßen hellblaue Ballerinas.
Bin das ich, fragt sie sich.
Das Spiegelbild guckt versonnen. „Komm mal mit!"
„Wohin?"
„Komm einfach mit!"
Kathrin lässt sich führen. Die Wohnung scheint leer zu sein.
Komisch, denkt Kathrin, wo sind sie denn alle? Zumindest Papa ist doch fast immer da. Vielleicht ist er schon in die Kneipe gegangen, Skat spielen.
Das Spiegelbild ist verschwunden. In der Küche, der kleinen Fünfziger–Jahre-Sozialer-Wohnungsbau-Neubauküche sitzt jemand und liest einen Brief. Es ist ein junges Mädchen mit Zöpfen und einem altmodischen Kleid. Sie kichert laut und ausgelassen.
„Hallo. Wer bist du?", fragt Kathrin.
„Ich bin Bibi."

„Bibi?", fragt Kathrin ungläubig. „Ich kenne nur Pippi Langstrumpf."

„Das ist meine kleine Schwester oder Halb- oder Viertelschwester. Ich hab sie nie gesehen, hab aber von ihr gehört. Sie soll mir ziemlich ähnlich sein."

Bibis Blick fällt wieder auf den Brief in ihrer Hand. „Ich lese gerade einen Brief von meiner Freundin Valborg, die in Frankreich ist. Hör mal!" Sie liest Kathrin vor: „Da bekam Monsieur plötzlich einen Rappel und wollte fein sein. Er zog zur Stadt mit seiner Pompadour, und wir anderen sollten uns wie zu einer feinen Gesellschaft umkleiden. Angèle und ich stürzten uns auf die Kisten mit feinen Kleidern, die wohl auch zur Erbschaft gehörten. Wir wühlten so lange darin herum, bis wir ein paar Prachttoiletten mit Fischbein und allen möglichen Kinkerlitzchen fanden. Madame besitzt noch einige Kleider, die das Tageslicht nicht scheuen müssen, sie brauchte also nichts von dem Zeug. Angèle beschäftigte sich eine geschlagene Stunde lang mit meiner Frisur, dann schmierte sie mir so viel Creme ins Gesicht, dass die Sommersprossen darunter begraben wurden. Sie zog mir die

Augenbrauen hoch und legte Rouge auf die
Lippen, die dadurch so ungeheuer groß wurden, dass ich meine eigene Urgroßmutter hätte verschlingen können. Natürlich auch noch
ein paar rote Kleckse auf die Wangen und etwas Blau auf die Lider, das macht nämlich
besonders interessant. Seidenschühchen,
spitz wie Nähnadeln und mit Absätzen wie
Champagnerpfropfen. Hier kannst du sehen,
wie sie mich ausstaffiert hat und wie ich aussehe, wenn ich ich selbst bin."
Bibi ist plötzlich verschwunden, ebenso wie
der Brief. Statt seiner liegt nun ein Buch auf
dem Küchentisch. Kathrin schaut sich die lustigen Zeichnungen an und liest auf dem
Buchdeckel: „Bibi und ihre Freundinnen von
Karin Michaelis". Auf der zweiten Seite: Karin Michaelis, Schriftstellerin, Journalistin
und Mädchenbuchautorin (1872 -1950).
Kathrin blättert weiter und fängt an zu lesen.
Später, vor dem Spiegel, schneidet Kathrin
Grimassen. In einem Mädchenbuch, das sie
von ihren Eltern bekommen hat, steht, dass
der Spiegel ihnen dienen, sie aber nicht beherrschen soll. Sie droht ihrem Spiegelbild
mit dem Zeigefinger: „Du bist mein Diener,

verstanden!"
Sie kichert. Der Diener kichert zurück.
Nun hört sie Stimmen aus der Wohnung. Ihr Bruder Michael ist mit seiner Verlobten Irene zu Besuch gekommen. Mit Irene versteht Kathrin sich gut, sie hat ihr schon bei der Zeitung geholfen und sie ermuntert zu schreiben. Kathrin hat ihr erzählt, dass sie versuchen möchte, etwas für sich zu nähen, aber in der Schule musste sie eine Schürze nähen, die fand sie überhaupt nicht schön.
Irene sagte: „Versuch's doch einfach! Das ist doch eine tolle Idee!"
Ist das denn so einfach?
Jetzt fragt Irene neugierig: „Na, hast du schon mit dem Nähen angefangen?"
„Noch nicht", gesteht Kathrin.
Am nächsten Tag geht sie in ein Stoffgeschäft. Den Schnitt hat sie sich schon ausgesucht. Sie findet einen hellblauen Popeline-Stoff, der ihr gefällt.
Zu Hause beim Zuschneiden ist sie sehr aufgeregt.
Was, wenn sie sich verschneidet? Dann ist der schöne Stoff perdu.
Kathrin arbeitet sehr sorgfältig, befolgt exakt

die Anweisungen. Das Kleid nimmt Formen an. Eilig bringt sie noch ein Stück Stoff zu einem Laden, der Gürtel anfertigt. Ein breiter Gürtel betont ihre Taille.
Das Spiegelbild nickt. „Geht doch! Und wie sieht es von links aus?"
„Ist alles mit der Hand versäubert. Kuck mal!"
Kathrin ist außer sich vor Freude. „Hab ich das wirklich geschafft?", fragt sie sich.
„Nee, ich war das!", ruft das Spiegelbild und grinst.

Die amerikanischen Nylonblusen

Der Postbote hat ein großes Paket gebracht, von den Verwandten aus Nordamerika, aus Minneapolis. Mutter und Tante Mathilde sind dabei, es auszupacken.
„Kathrin", ruft Tante Mathilde, „schau mal, hier ist was für dich!"
Kathrin lugt neugierig um die Ecke. „Für mich? Was ist es denn?"
Mutter hält eine hellblaue Bluse hoch. „Die könnte dir doch passen."
Hellblauer, weicher, schmiegsamer Nylonstoff mit Biesen, abgesteppten Minifalten, am Vorderteil, und einem Bubikragen. Kathrin läuft in ihr Zimmer, schlüpft in die Bluse und schaut sich prüfend im Spiegel an. Nicht schlecht, denkt sie und nickt dem Spiegelbild zu.
„Zeig dich mal!", rufen die Damen. „Oh, die steht dir aber gut, besonders zu deinen schwarzen Haaren. Hübsch ist sie, mit den Biesen!"
Mutter und Tante Mathilde vertiefen sich in die anderen Kleidungsstücke. „Oh, schaut mal!", ruft Mutter und zieht ein großes Ober-

teil aus dem Paket.
Es ist ein eleganter Umhang, bis über die Taille, ganz aus feinem Pelz.
„Das ist ja ganz was Besonderes, Lilli, den musst du ins Theater anziehen, in die Oper, da gehört der hin.", schlägt Tante Mathilde vor.
Mutter steht verzückt vor dem Spiegel und kann es gar nicht fassen. Der Pelz ist glatt und langhaarig und schimmert seidig. Sie liest den beiliegenden Brief.
„Das ist Skunk, Stinktier!" Ihr Ton schwankt zwischen Bewunderung und Erstaunen. „Wie schade, dass Anton nicht mit ins Theater geht, er liebt die Oper doch genauso wie ich." Sie schaut bekümmert drein.
„Dann gehst du eben mit deiner Freundin Charlotte", entscheidet Tante Mathilde. „So kannst du dich auf jeden Fall sehen lassen!" Sie kramt weiter im Karton. „Schau mal, Kathrin, hier ist noch mal die gleiche Bluse in rosa!"
Kathrin ist ganz versunken in die Bewunderung ihrer schönen Mutter in der Pelzjacke. Darin sieht sie ihrer Cousine, der Opernsängerin Anna Dura, so ähnlich.

Darauf ist Mutter schon angesprochen worden. „Sind Sie mit Anna Dura verwandt?" „Das ist meine Cousine", antwortet Mutter dann und errötet ein wenig.

Wenn Mutter mal ausgegangen ist, früher noch mit Vater, hat Kathrin sie bewundert in ihren schönen Kleidern, die auf Figur geschneidert waren, in Schwarz und Lila. Heute geht Mutter nur noch selten in Abendgarderobe aus. Vater möchte nicht ausgehen, es ist ihm zu mühsam mit Stock und Holzbein. Aber er ermuntert Mutter ein Theaterabonnement zu buchen.

Kathrin wird von ihrem Spiegelbild erinnert, dass die rosa Bluse auch ganz hübsch aussieht. Das Spiegelbild freut sich und Kathrin steckt die Bluse in den Rock. „So was könnte ich gar nicht nähen," gesteht sie dem Spiegelbild.

Am Samstagabend ist Kathrin zu einer Party bei dem Sohn von Café Leysieffer eingeladen. In der Wohnung seiner Eltern gibt es eine Bar mit Barhockern. Kathrin hat ihr hellblaues Kleid angezogen und fremdelt ein bisschen. Ein großer junger Mann mit rotblonden Locken, einer eng sitzenden hellen Hose und einem offenen weißen Hemd setzt sich neben sie. Kein Spiegelbild weit und breit zu sehen. Der junge Gott nimmt sie kaum zur Kenntnis. „Nicht mal ein Blick?", fragt sie sich enttäuscht.

Das schreit nach Rache. Vor Schreck wirft Kathrin ihr Colaglas um, an das sie sich gerade noch klammern wollte.

Der junge Gott springt auf und versucht, die Cola von seiner Hose zu wischen. Dann verschwindet er auf die Toilette. Zumindest hat er sie jetzt bemerkt, denkt Kathrin, und als er zurückkommt, bietet sie ihm an, die Reinigung zu bezahlen. Er winkt großzügig ab. Nun ist aber das Eis gebrochen, sie unterhalten sich und scherzen miteinander.

Einen kleinen Moment blitzt etwas auf, und als Kathrin wieder bei sich ist, sieht sie ihr Spiegelbild, als Cupido verkleidet, in der Ecke sitzen, den gespannten Bogen direkt auf sie gerichtet. Im nächsten Augenblick ist der Pfeil verschwunden.

Das Faschingskostüm

Im Haus der Jugend gibt es eine Faschingsparty. Kathrin blättert in der Zeitschrift „Brigitte" und sucht nach Ideen.
Das Spiegelbild lümmelt auf dem Bett herum und blättert ebenfalls in einer Zeitschrift.
„Guck mal, das sieht doch toll aus!" Sie deutet auf ein zartes Gebilde mit einem durchsichtigen Rock aus schwarzem Tüll, einem engen ärmellosen Oberteil, einer knallroten Strumpfhose und roten spitzen Pumps. Irgendwas zwischen knabenhaft zart und sexy weiblich.
„Das müsste doch leicht zu nähen sein", sagt sie zum Spiegelbild.
„Sieht gut aus. Mach mal!"
Kathrin nickt. „Mach ich auch."
Am Tag der Party steht sie fertig angezogen vor dem Spiegel.
„Wow, sieht ja richtig sexy aus!", freut sich das Spiegelbild.
„Und die Bastkirschen-Ohrringe, sehr originell."
„Glaubst du, dass mich jemand zum Tanzen auffordert?"

„Na klar, warum nicht?"
„Aber wer? Ich weiß ja noch nicht mal, wer kommt."
„Du meinst, ob er kommt?"
„Na ja, und wenn ... Wir kennen uns ja noch nicht richtig. Außerdem hat er eine Freundin."
„So, wie du aussiehst, hat die aber keine Chance!"
„Wenn du's sagst!" Auf Kathrins Gesicht erscheint ein herausforderndes Lächeln. Sie streckt sich.
Bevor sie die Wohnung verlässt, schaut sie noch im Wohnzimmer vorbei, wo Vater sitzt.
„Papa, ich geh auf die Faschingsparty, tschüs!"
Sie stutzt. Diesen Blick ihres Vaters hat sie noch nie gesehen. Vollkommen fremd kommt er ihr vor. Er funkelt Kathrin böse an. In seinen Augen steht Verachtung! Er sagt kein Wort.
Kathrin hatte gehofft, dass er mit einem Augenzwinkern sagen würde: „Na, Lütten, wenn ich noch jung wäre, hätte ich aber ein Auge auf dich geworfen, du siehst ja hübsch aus! Viel Spaß!"

Dann hätte sie sich beschwingt auf den Weg gemacht.

Aber so ist es, als sei sie, wo sie im Moment ohnehin unsicher ist, mit einem Eimer voll Dreck überschüttet worden. Am liebsten möchte sie Vater sofort zur Rede stellen, aber sie hat Angst. Vater benimmt sich ja wie Frau T.! In der Frauenzeitschrift stand nicht: „Vorsicht, dieses Kostüm sollten Sie nicht ihrem Vater zeigen!" Da wirkte doch alles in Ordnung, ja sogar wie eine Aufforderung. Alle Mädchen machen sich doch hübsch, das müsste Vater doch wissen. Soll sie denn wie eine Nonne herumlaufen? So brav und streng und verhüllt?

Noch nie hat er sie so behandelt. Ihr innerer Aufruhr kennt keine Grenzen. Aber was soll sie dem Vater sagen? Mit ihr war er nie streng oder böse. Sie hat ihm vertraut und konnte sich immer auf seine Unterstützung verlassen.

Wo ist eigentlich Mutter? Aber lieber nicht noch so eine kalte Dusche! Im Hausflur vermeidet Kathrin den Blick in den Spiegel. Wie betäubt schließt sie die Wohnzimmertür hinter sich.

Kathrin geht noch bei der Freundin vorbei. Deren Vater scheint sehr erfreut und macht Fotos von den beiden Mädchen. Kokett und etwas verträumt schaut Kathrin in die Kamera.

Auf der Party versucht sie sich zu amüsieren, doch irgendetwas stimmt nicht. Der Angebetete ist nicht gekommen und sie registriert kaum die Avancen anderer junger Männer. Abends zu Hause erblickt sie ein Spiegelbild mit hängenden Schultern und kaum verhohlener Wut.

Das Spiegelbild versteckt sich.

Kathrin ist froh darüber. Sie fühlt sich schuldig. In ihr ist das Böse. Vater hat es gesehen. Schon Frau T. hat es gesehen. Erst lieb, dann böse. Das muss bestraft werden und gebeichtet. Fünf Vaterunser sind das Wenigste. Was hab ich gemacht? Ich hätte es wissen müssen. Jetzt habe ich ihnen etwas angetan. Muss ich ja wohl, wenn Vater so heftig reagiert. Sie hat so eine Reaktion noch nie erlebt und kann es sich nur so erklären, dass sie irgendetwas verpasst hat. Etwas falsch gemacht, ihn ignoriert hat.

Ich, ein nicht mehr kleines Mädchen, habe

ihm so weh getan.
Ich bin die Feindin meines Vaters geworden.
So kann man doch nur seinen Feind ansehen, bevor man auf ihn zielt, oder?
Ich bin nicht klug, bin auch noch dumm. Böse und dumm!
Es ist aus. Mein Vater liebt mich nicht mehr, weil ich eine Frau bin, eine dumme, böse Frau.
Kathrin stockt und blickt sich mit leerem Gesichtsausdruck im Zimmer um.
Das Spiegelbild sieht sie schräg von der Seite an:
„Und du bist sicher, dass du ein schlechtes Gewissen hast, und nicht etwa eine Stinkwut auf Vater, der dich so ins Messer laufen lässt, ohne auch nur ein Wort zu verlieren?"
Kathrin hört nicht auf ihr Spiegelbild. Sie steigert sich in ihre Selbstvorwürfe hinein, weil alles Andere ihr noch beängstigender scheint, unvorstellbar. Diese Mischung aus erniedrigender Scham und heftiger Wut macht ihr Angst.
Er liebt mich doch, wenn ich wieder sein Lütten bin, seine Kleine? Doch, bestimmt, ganz bestimmt!

„Aber ich kann doch nichts dafür, dass ich größer werde!
Dafür nicht, aber für meine Dummheit und dafür, dass mein Vater jetzt eine blödsinnige, auffällige und widerliche Tochter hat!"
Langsam dreht Kathrin sich um und sieht ihr Spiegelbild im Faschingskostüm dasitzen, wie es in der Nase bohrt.
Es sieht Kathrin an, schnipst den Popel in die Luft und sagt lässig:
„Nun reicht's aber! Nimm's nicht so schwer! Oder wolltest du Vater heiraten?"
Kathrin ist verdattert und zieht den Tüllrock aus.
Zum Spiegelbild sagt sie:
„Papa, du hast doch nicht alle Tassen im Schrank! Ich bin deine Tochter, erinnerst du dich?"
Das Spiegelbild nickt.

Das rosa Kleid, der weiße Pikeehut und die weiße Pikeetasche

„Das sind unsere Fahrkarten!" Tante Mathilde kommt gerade vom Bahnhof und zeigt stolz einen Umschlag. „Wir nehmen den Nachtzug, steigen morgens um und fahren über den Brenner bis nach Rom. Am Bahnhof Termini werden wir abgeholt."
Kathrin hört kaum hin. Sie ist eifrig am Nähen. Zum ersten Mal in ihrem Leben fährt sie in den Süden. Bis jetzt war der südlichste Ort, den sie je besucht hat, Münster in Westfalen, wo ihre Schwester jetzt wohnt. Die Cousine, ursprünglich aus Argentinien kommend, wohnt seit einigen Jahren in Rom. Ihren Mann, einen Biologieprofessor, hat sie in Buenos Aires kennengelernt. Sie war seine Studentin, und nun hat er eine Stelle bei der FAO, einer Organisation der UNO, angetreten, in Rom, wohin sie mit ihren fünf Söhnen gezogen sind. Kathrin möchte gut vorbereitet sein mit ihrer Garderobe. Ein Kleid ihrer Schwester in zartem Rosa hat sie verändert. Der weite Rock ist nicht mehr modern, man trägt jetzt leicht ausgestellt. Dazu näht sie

sich einen Hut mit breiter Krempe und eine Tasche aus weißem Pikee. Das ist doch die Gelegenheit, zu zeigen, was sie alles kann!
Im Zug ist es unbequem. Sie haben keinen Liegewagen, die Sitze werden nur herausgezogen und dann liegen sie auf den harten Polstern. Tante Mathilde scheint das alles nichts auszumachen. Sie ist sehr vergnügt. Kathrin muss sich mit geschwollenen Knöcheln herumschlagen. In dieser Nacht schläft sie kaum.
Tante Mathilde wird immer vergnügter, als sie Richtung Brenner fahren. Sie scherzt unentwegt mit den Mitfahrern, besonders mit den hübschen jungen Männern. Kathrin hat gar kein Auge für die Mitreisenden, sie ist fasziniert von der Landschaft, die am Zug vorbeirauscht. Alles sieht anders aus, die Berge und Felder sind nicht so grün, aber sehr sanft und lieblich, Viadukte durchziehen die hügelige Gegend, es gibt andersartige Bäume wie Pinien und Zypressen. Kathrin gefällt die Landschaft, sie findet sie aufregend und schön. Das ist also der Süden, freut sie sich. Wie verabredet werden sie in Rom abgeholt. Die Wiedersehensfreude ist groß, Tante Mat-

hilde war ja schon einmal in Argentinien, vor vielen Jahren, bei der Mutter der Cousine, ihrer Schwester.

Nach einigen gemeinsamen Besichtigungstouren wird Kathrin von jeweils einem der älteren, zwölf- und dreizehnjährigen Söhne im Bus in die Stadt begleitet, um sich alles anzuschauen. Die Jungen machen das geduldig mit und bestehen darauf, das Eis oder die Limonade zu zahlen. Ganz Kavaliere! Von ihrer Mutter haben sie Deutsch gelernt, somit stellt die Verständigung kein Problem dar.

In der großzügigen Wohnung mit einem Balkon teilt Kathrin sich ein Zimmer mit Tante Mathilde, die oft auf dem Balkon ist, um zu rauchen. In der Wohnung darf sie nicht rauchen, da ist die Cousine streng. Tante Mathilde ist ein wenig beleidigt deswegen.

Kathrin gefällt es, die antiken Stätten zu besuchen. Sie findet alles aufregend. Abends sitzt sie manchmal auf dem Balkon, spinnt die Erlebnisse des Tages weiter und träumt vor sich hin.

Sie sieht eine alte Papyrusrolle und liest:

„Bocca della Verità:

Zu Rom schuf Virgilius eine metallene

Schlange. Wer beim Eidschwur seine Hand der Schlange in den Schlund steckte, wenn seine Sache nicht gut, sondern falsch war, verlor seine Hand; schwor er aber einen wahren Eid, so zog er seine Hand wieder heraus ohne Schaden und Sorge. So geschah es, dass ein Ritter seine Frau im Verdacht hatte ihn mit seinem Kutscher betrogen zu haben. Aber sie widersprach ihm standhaft und erbot sich, bei der Schlange zu Rom einen Reinigungseid zu schwören. Der Ritter willigte ein, dass sie den Eid schwöre. Da setzten sie sich in den Wagen und fuhren gen Rom. Als sie im Wagen saßen, sagte sie heimlich zu dem Kutscher, wenn sie nach Rom kämen, sollte er sich ein Narrenkleid anlegen, damit man ihn nicht erkennen würde, und sich so bei der Schlange unter das Volk mischen. Das tat er, und als sie nach Rom kamen, erkannte Virgilius durch seine Kunst, dass die Frau schuldig war, und ermahnte sie, den Eid zurückzunehmen und nicht zu schwören. Das wollte sie aber nicht tun, sondern streckte ihre Hand der Schlange in den Schlund und schwor ihrem Manne, dass sie mit dem Kutscher nicht mehr zu schaffen gehabt hätte als mit dem

Narren, der dort stünde. Weil sie die Wahrheit gesagt hatte, zog sie ihre Hand unversehrt wieder aus dem Schlund der Schlange. Da fuhr der Ritter mit seiner Frau wieder nach Hause und vertraute ihr hinfort immerdar; so entkam das Weib dieser Gefahr. Virgilius aber ward sehr zornig und ärgerlich und zerstörte die Schlange, weil das Weib entwischt war und ihren Herrn betrogen hatte. Virgilius sagte, die Frauen seien sehr weise zu allem Betrug; was aber ihre Güte beträfe, damit sei es übel bestellt. Eine recht weise Frau sollte so weise sein, an ihre Seligkeit zu denken."

Kathrin schüttelt den Kopf, setzt sich in eine Ecke und blättert in alten Zeitschriften. „Ein Herz und eine Krone" steht da, ja, dieser Film mit Audrey Hepburn und Gregory Peck, den sie gesehen hat, glühend vor Begeisterung und traurig am Ende. Was ist schon so ein langweiliges Prinzessinnenleben gegen ein Leben mit so einem wunderbaren Mann wie Gregory Peck?

In der Zeitung steht eine Notiz zu einer Szene des Films:

„Der Weg durch Rom führt Anna und Joe

auch zur Kirche Santa Maria in Cosmedin, in deren Vorhalle sich die berühmte Steinmaske della Verità, der "Mund der Wahrheit", befindet. Der Legende nach beißt die Steinmaske, ein ehemaliger Wasserspeier aus einer der römischen Thermen, einem jeden Lügner die Hand ab, wenn er sie in ihren Mund legt. Da sowohl Joe als auch Anna zu diesem Zeitpunkt noch Geheimnisse voreinander haben, treten sie diese Prüfung mit sehr gemischten Gefühlen an. Als Anna sich letztlich nicht traut, ihre Hand in den Mund der Wahrheit zu stecken, lässt sie Joe den Vortritt. Dieser tut so, als würde die Hand wirklich zubeißen und zieht nur noch einen leeren Jackenärmel zurück. Nach Angaben von Mitarbeitern wurde diese Szene von Gregory Peck improvisiert, und das Entsetzen von Audrey Hepburn ist nicht gespielt."

Kathrin lässt die Zeitung sinken. Sie ist irritiert, dass Menschen, die sich lieben, sich etwas vorlügen müssen, und dass manchmal das Leben und die Liebe nicht zusammenpassen.

Das schwarz-weiße Kleid

Kathrin hat einen Verehrer. Er heißt Ralf. Sie aber schleppt noch immer ihren Liebeskummer mit sich herum, ihr Schwarm hat nicht reagiert, wie sie es sich gewünscht hätte. Wieso nicht? Ist sie nicht hübsch genug? Oder flirtet sie nicht so charmant und kann die jungen Männer nicht so geschickt becircen, wie sie das bei anderen Mädchen sieht? Sie würde sich albern und unecht vorkommen, wenn sie es versuchen würde. Aber es schmerzt.

Und jetzt taucht dieser Ralf auf. Sieht gut aus, ein wenig wie Alain Delon, hat etwas von einem Playboy, einem Charmeur, spielt fantastisch Klavier, „Georgia" von Ray Charles zum Beispiel. Er holt sie jeden Tag von der Schule ab, aber irgendwie funkt es nicht. Trotzdem tut er ihr gut, sie fühlt sich geschmeichelt. Eine Party bei ihrer Freundin Brigitte steht an, also Zeit für ein neues Kleid.

Der weiße Stoff, naturweiß, fühlt sich glatt an und ein wenig steif. Es ist Leinen. Kathrin legt das Schnittmuster darauf und schneidet die Teile zu. Es ist immer eine Mischung aus

Lust, Anfangsrausch und der Angst, es könnte nichts werden. Kathrin fürchtet, dass sie den Stoff verschneidet oder der Schnitt aus irgendeinem Grunde nicht sitzt, und die schöne Illusion in einem Haufen zerfetzten Stoffes endet. Doch sie hat Vertrauen in sich, auch wenn sie sich das nicht erklären kann. Es ist eine spannende Arbeit. Sehen, wie das Kleid Naht für Naht entsteht. Ungeduld, wegen der sie manche notwendige Arbeit auslässt, mühselige Arbeit, damit alles besser sitzt. Aber die mangelnde Sorgfalt rächt sich, das Kleid sitzt nicht und Kathrin ärgert sich. Nichts ist schlimmer als dass ihre Schwäche für jedermann sichtbar wird. Also zwingt sie sich und wird belohnt, wenn das Kleidungsstück gelungen ist. Die schwarzen Paspeln am ovalen Loch oben am Ausschnitt sind eine Zitterpartie, wenn das Paspelband unter den Händen und dem Nähfuß verrutscht. Kathrin lernt geduldig zu sein. Jetzt noch den Saum mit der Hand nähen, mit möglichst unsichtbaren Stichen, und schon ist das Werk fertig.

Brigitte, die die Party gibt, ist gekommen und raucht eine Zigarette. Zu Hause darf sie nicht rauchen.

Bei Kathrin in der Familie wird viel geraucht, die Tante raucht ebenso wie der Vater und die Brüder, wenn sie da sind. Es kümmert sich keiner darum, wenn noch jemand raucht.
Brigitte will Kathrins Schwarm einladen samt seiner Freundin. Kathrin schöpft neue Hoffnung. Vielleicht wird er ja eifersüchtig, wenn sie mit ihrem Beau Ralf erscheint, der ein Lied für sie komponiert hat.
Bei Brigitte im Haus gibt es ein Klavier. Er wird bestimmt darauf spielen wollen.
Brigitte fragt gar nicht, ob sie einverstanden ist, den Angebeteten und dessen Freundin einzuladen,
sie teilt es ihr nur mit. Auch komisch, aber wahrscheinlich hat sie gar nicht daran gedacht, dass es Kathrin nicht recht sein könnte. Egal, da kommt das neue Kleid gerade richtig, denkt Kathrin zufrieden und freut sich.
„Hoffentlich bleiben meine Eltern ordentlich lange weg,
also bis nach Mitternacht", sagte Brigitte.
„Sie können doch auch schlafen gehen, oder? Ist es dann zu laut?", fragt Kathrin.
„Nein, das nicht, aber ob sie uns einfach allein lassen

werden?"
Kathrin ist erstaunt. Ihre Eltern sind sehr großzügig,
was ihr Ausgehen abends angeht. Sie ist schon öfter erst nach Mitternacht nach Hause gekommen, natürlich immer in männlicher Begleitung bis vor die Haustüre. Niemand in ihrer Familie hat ihr Fragen gestellt.
Es liegt wahrscheinlich daran, dass Kathrin die Jüngste ist.
Die Eltern haben ihre Ängste schon bei den vier älteren Geschwistern verbraucht, oder sie vertrauen ihr einfach.
Am Abend der Party fühlt sie sich ganz gut.
Ralf spielt Klavier und die Freundin des Angebeteten guckt sie schräg von der Seite an.
„Er" ist nicht gekommen. Es heißt, er habe sich beim Handballspiel den Knöchel verstaucht.
Kathrin seufzt. „Dann soll es wohl nicht sein.", denkt sie und stürzt sich ins Getümmel der Tanzenden.
 Ralf wirbelt sie herum. Aus der Musikanlage tönen die neusten Hits der „Beatles" und der „Beach Boys", „I wanna hold your hand" „I get around" und „Barbara Ann".

Minimode, Courèges und Co.

Kathrin ist schockiert. Sie hat gesehen, dass Ralf ein Mädchen aus der Parallelklasse abgeholt hat. Seine Begeisterung für sie ist abgekühlt. Nicht wirklich ein Wunder, denn Kathrin hat ihm nicht verheimlicht, in wen sie eigentlich verliebt ist. Außerdem macht er neuerdings Annäherungsversuche, die ihr zu weit gehen.

Trotzdem, einfach so, ohne irgendetwas zu sagen, weiter zu ziehen, nein, das kommt nicht in Frage! Sie ruft ihn von einer Telefonzelle aus an und stellt ihn zur Rede.

Er reagiert lahm und mit Ausreden.

„Na, dann nicht", denkt Kathrin.

Er war ja eher so etwas wie ein Tröster und nun geht es ihr wieder gut. Sie feiern auf einer Party ausgelassen „Abschied" und Kathrin ist irgendwie froh.

Plötzlich taucht ihr Schwarm bei ihr zu Hause auf, will sie einladen zu einem Klassenfest. Ganz offiziell. Kathrin freut sich schon, aber es kommt ihr auch ein bisschen plötzlich. Hinterher erfährt sie, dass seine Freundin verhindert ist.

„So richtig ist das dann wohl nicht seine Freundin", denkt sie.

Nach der Party auf dem Nachhauseweg küssen sie sich, und es sieht so aus, als ob es diesmal klappt. Ein paar Mal verabreden sie sich, und Kathrin fragt ihn eines Tages resolut, ob sie denn nun „zusammen gehen". Es scheint gesessen zu haben, denn ab jetzt meldet er sich regelmäßig.
Kathrin rauscht in eine neue Phase des Nähens.
Von einer Kombination in der "Brigitte" ist sie wie elektrisiert. Es ist eine Herausforderung. Ein Mini-Wickelrock zum Wenden, auf beiden Seiten zu tragen, aus Jeansstoff und Küchenkaro Baumwollstoff. Das bringt sie in die nächste Liga des Könnens. Der Rock sitzt auf der Hüfte, durch einen schmalen Gürtel in Gürtelschlaufen gehalten. Wird sie es schaffen?
Sie geht so akribisch wie möglich vor, die gewohnte „Großzügigkeit" im Vermeiden von Vorarbeiten weicht ihrem Ehrgeiz. Sie kann es kaum glauben, aber der Rock gelingt ihr ohne Mühe. Das Oberteil dazu ist eine leichte Übung, ohne Ärmel, mit rundem Ausschnitt. Je mehr ihre Lehrerin über die „Brigitte-Fraktion" schimpft, umso stolzer ist sie. Sie und

ihre Freundinnen sind offenbar schon etwas Besonderes, nehmen vielleicht ihr Äußeres zu ernst, aber interessanten Unterricht in Deutsch und Geschichte schätzen sie mindestens genauso sehr wie ihr selbst gestaltetes Outfit.
Was steht ihr alles offen, wenn sie schon so weit ist? Wie kann sie das noch übertreffen? Das Gefühl, aus einem Stück Stoff mit eigenen Händen und eigenem Geschick ein hübsches Kleid zu nähen, ähnelt in gewisser Weise Kathrins Angst vor dem leeren Blatt am Anfang einer Deutscharbeit. Sie sitzt da, grübelt über das Thema, nimmt sich ein Stück Schokolade und versucht ihre Panik zu überwinden, dass diese leeren Blätter womöglich nach fünf Schulstunden immer noch leer sind. Um ihre Energie zu erhöhen, greift sie zu dem Stapel Dextro Energen Tafeln, den treuen Begleitern dieser Ausdauerübung. Der Zucker Kick bringt sie auf Trab. Das alles braucht sie beim Nähen nicht mehr. Ihr inneres Bild des schönen Kleides ist Kick genug. Sie schneidet munter drauflos und freut sich an den einzelnen Etappen dieses Prozesses. Ihr Leben ist voll Abwechslung. Zusammen

mit dem neuen Freund und anderen Freundinnen und Freunden, der "Clique", unternehmen sie viel, gehen ins Kino, ins Theater, machen Ausflüge, treffen sich jeden Nachmittag bei Eduscho und samstags im Café Leysieffer, nehmen an Gruppenfahrten in das geteilte Berlin teil, feiern Partys und arbeiten für die Schule. Sie sehen im Kulturring der Jugend Theaterstücke: „Katharina Knie" von Zuckmayer, „Die Physiker" von Dürrenmatt, „Alle meine Söhne" von Arthur Miller und „Der eingebildete Kranke" von Molière mit Curt Bois und Charles Brauer. Das Stadttheater in Osnabrück gilt als Sprungbrett für größere Bühnen. Auf dem Rathausplatz feiern sie die „französische Woche."

Kathrin näht Kleider, Schlipse für ihre Brüder, stickt Monogramme in Taschentücher und bastelt Weihnachtsgeschenke. Zufrieden steht sie vor dem Spiegel mit ihrem neuen Küchenkaro Outfit und dem Jeans Wickelrock. Sie betrachtet ihre Fortschritte und verschränkt die Arme hinter dem Kopf. Auf der Klassenreise nach Hamburg waren sie in dem Film „Irma la Douce" im Streit's Kino. Kathrin kommt sich etwas frivol vor, genauso

wie Irma, la Douce.
Kathrin durchquert den Spiegel entschlossen und sieht sie kokett an der Straße stehen.
„Ein bisschen so sah ich aus in meinem Faschingskostüm, als Papa mich mit einem verachtenden Blick strafte und ich erschrocken weglief", denkt sie. „Ja, wie Irma „die Süße". Trotzig geht sie weiter und schaut sehnsüchtig in die Bars an der Straße, in die Cafés, wo die Leute sitzen und lachen und reden und rauchen und trinken.
Sie stolpert aus dem Spiegel heraus.
„Das ist nichts für dich", sagt jemand hinter ihr.
„Nee, stimmt", sagt sie zu ihrem Spiegelbild.
„Aber spiel dich nicht so auf, Diener! Was erlaubst du dir?"
„Ich mein ja nur ..."
„Du hast ja Recht. Irma la Douce, eine Prostituierte, das versteh ich nicht. Muss doch grässlich sein, mit allen möglichen Männern ins Bett zu gehen, für Geld!
 Aber eigentlich ist sie wirklich ein süßes Mädchen, fast naiv! Da stimmt irgendwas nicht. Aber vielleicht ist das ja französisch?"

Das Ballkleid

Schon seit einigen Jahren besucht Kathrin ein weltliches Mädchengymnasium. Sie ist bei den Ursulinen sitzen geblieben, mit Pauken und Trompeten durchgefallen, hatte vier Fünfer im Zeugnis, sogar in Religion. Auf die Fünf in Religion war sie heimlich sogar stolz, es war ihre Rache wegen der Moralpredigten. Sie hatte sich in die totale Verweigerung begeben. Ihre Motivation war erschöpft gewesen. Zwei blaue Briefe hatte sie bekommen, einen zum Halbjahr als Vorwarnung, dann wurde es ernst. Erst hatte Vater kaum reagiert, er dachte wohl anfangs „Kann ja mal passieren". Dann hatte er versucht, ihr Nachhilfe in Latein zu geben. Das war eine Katastrophe! Vater war ungeduldig und Kathrin hatte Angst vor ihm und reagierte bockig. Sie hatten es sehr schnell aufgegeben.

Als sie dann wirklich sitzen blieb, war er schon ein wenig böse, aber er hatte auch gemurmelt „Die Nonnen haben dich nicht verstanden." Er hatte sie dann auf dem Mädchengymnasium angemeldet, nicht etwa auf der Realschule. Kathrin war erleichtert, der weltfremden Atmosphäre entronnen zu sein, war glücklich, dass Vater trotz allem an ihre

Intelligenz glaubte, und ihre Leistungen wurden schlagartig besser. Vater war zufrieden, weil er die richtige Entscheidung getroffen hatte. Kathrin war ihm dankbar und hatte auch gespürt, dass er trotz aller 'nicht-schminken-Drohgebärden' Verständnis für sie hatte.
Er hatte ihr sogar eine elektrische Nähmaschine geschenkt zur Unterstützung ihrer Bemühungen beim Nähen. Die Singer Nähmaschine von Großmutter funktionierte noch gut, aber man musste sie halt mit Muskelkraft, dass heißt ausdauerndem Treten, in Gang halten. Außerdem hatte sie keinen Zick-Zack-Stich zum Versäubern der Kanten. Das musste Kathrin mühsam mit der Hand machen.
Mutter bewundert Kathrins Nähkünste. Sie sagt, Kathrin habe dieses Talent von der Urgroßmutter gleichen Namens geerbt, die sogar Uniformen genäht und ihre zehn Kinder jeweils ein Jahr gestillt habe. Das war wohl Zeichen einer sehr starken Persönlichkeit, und Mutter bedauert bei sich selbst, dass sie bei ihren fünf Kindern „nicht genug Milch zum Stillen gehabt hatte".
Kathrin stellt fest, dass die Welt in Ordnung

war, wenn ein Talent ererbt war. Das Talent von Bruder Franz, das Zeichnen, das er schon seit seiner Kindheit ausübt, wird zwar bewundert, bleibt aber allen doch ein wenig fremd, weil keiner in der Familie dieses Talent hat. Franz muss sich anstrengen, um dafür Anerkennung zu bekommen.
Als er Kunst studieren wollte, sagte Vater: „Brotlose Kunst! Und wovon willst du leben?"
Dabei ist einer von Vaters besten Freunden ein bekannter Maler.
Aus dieser Unsicherheit heraus hatte der Bruder zwar in Berlin Kunst studiert, aber in der pädagogischen Abteilung.
Jetzt war er Kunstlehrer am Gymnasium geworden. Es gefiel ihm nicht besonders, weil der Kunstunterricht von den Schülern nicht ernst genommen wurde. Kein Wunder, es gab ja auch „Haupt-" und „Nebenfächer", und die Kollegen mit den Fächern Mathematik, Deutsch und Englisch wurden ganz anders respektiert.
Kathrin hat nun ohne große Probleme, aber auch ohne große Begeisterung, ihr Abitur geschafft.

Jetzt stand der Abiball an.
Sie hat sich dafür ein besonderes Kleid geschneidert, fliederfarbener Georgette–Stoff, knielang und schulterfrei. Gehalten wird das Kleid mit zwei sich kreuzenden breiten Trägern. Kathrin ist zufrieden. Passend dazu hat sie sich Ohrringe gefertigt, ein Ring aus Perlen in Form von Kreolen, darin noch eine kleinere Kreole.
Der schönste Moment war, als sie von der letzten Prüfung nach Hause kam, und in ihrem blauen Kostüm mit den Eltern und Tante Mathilde zu Mittag gegessen hatte. Da war sie unglaublich stolz und erleichtert gewesen. Reifeprüfung bestanden! Das war schon was. Geschafft!!
Sie spürte, dass die Eltern auch stolz auf sie waren.
Sie waren ein bisschen still. Vielleicht wurde ihnen in diesem Moment klar, dass Kathrin, als Letzte, jetzt auch aus dem Haus gehen wird.
Der Ball findet im Osnabrücker „Schloss" statt.
Ihre Mutter und ihr ältester Bruder sind mitgekommen. Kathrin und ihr Liebster haben

zur gleichen Zeit Abitur gemacht, jetzt sitzen sie beide stolz nebeneinander zwischen den Klassenkameradinnen und ihren Begleitern. Die meisten Mädchen sind in männlicher Begleitung gekommen, auf einem Ball braucht man schließlich einen Tanzpartner. Kathrin ist aufgeregt und in vielerlei Hinsicht stolz: auf ihre Prüfung, auf das selbstgeschneiderte Outfit und nicht zuletzt auf ihren Freund, der eine ziemlich gute Figur macht, findet sie. Alles ist ein bisschen steif, mit den vielen Eltern und Lehrern. Man tanzt Walzer, Foxtrott, langsamen Walzer und Cha-Cha-Cha. Der Bruder tanzt mit ihrer Klassenlehrerin. Eigentlich ein schönes Paar, denkt Kathrin. Aber Franz ist ja schon verheiratet und die Lehrerin sieht zwar jung und sehr attraktiv aus, ist aber zehn Jahre älter als er.

Kathrin tanzt gern mit ihrem Freund, er hat ein gutes Rhythmusgefühl und kann führen. Aber so richtig ausgelassen wie auf den Partys miteinander zu tanzen, das trauen sie sich nicht.

Die vielen Lehrer und Eltern schüchtern sie ein. Aber das gehört dazu. Alle sind gekommen, um sie zu feiern.

Endlich frei, denkt Kathrin. Frei von Zensuren, Lehrererwartungen, Lernen und Angst haben.

Kathrin starrt in den Spiegel, gerade hat sie ihr Abiturkleid abgelegt und schnell einen Pulli und eine Hose übergezogen. Jetzt möchte sie mit jemandem reden. Der Spiegel ist gnädig und zeigt ihr den Weg.

Die gute Fee ihrer Kindheit sitzt in einem Sessel und wartet.

„Du hast kein Buch dabei, um mir daraus vorzulesen?", fragt Kathrin vergnügt.

„Nein", sagt die Dame. „Ich möchte mich lieber mit dir unterhalten. Erzähl doch mal von deiner Prüfung."

„Ich hab es geschafft und bin froh, dass jetzt etwas anderes beginnt."

Jetzt lächelt die Dame. „Schön, dass du dich auf etwas Neues freust."

Kathrin ist nachdenklich. „So richtig gut hat sie nicht geendet, die Schulzeit. Etwas fehlt. Ich habe Geschichte wirklich gemocht. Warum war ich nicht besser?"

Die Dame zuckt mit den Schultern. „Prüfungsangst?"

„Geredet hab ich viel, aber nur Zahlen und

Ereignisse abgespult. Ich habe die interessanten Sachen ausgelassen. Warum aus Deutschland – unter anderem aufgrund seiner Vergangenheit als Kriegsverlierer im ersten Weltkrieg - Hitlerdeutschland werden konnte und dass sie nie eine Revolution wie die Franzosen erfolgreich durchgeführt haben. Das fand ich doch alles so spannend!"

„Was hat denn gefehlt?"

Vielleicht meine Begeisterung, alles selbst zu entdecken. Ich hatte das Gefühl, ich erzähle etwas, was sowieso schon alle wissen. Das hat mich vielleicht gebremst. Im Fach Deutsch sind wir alle verstummt, als wir Camus' „Der Fremde" gelesen haben. Da war es noch schlimmer als in Geschichte. Alles, was wir sagten, schien banal, und die Interpretation der Sekundärliteratur war zu weit weg und auch ehrlich gesagt, nicht interessant für mich. So ein Buch ist uns ja auch erst mal fremd. Wir müssen uns annähern und darüber reden, ohne gleich in eine bestimmte Richtung gesteuert zu werden. Wir sind dann alle mehr oder weniger verstummt und die Lehrerin hat einen Wutanfall bekommen und wohl auch Angst gekriegt, dass sie uns nicht

genug auf die Universität vorbereitet hat."
Kathrin seufzt.
„Ich bin es nicht gewöhnt, eigene Gedanken zu denken, das muss ich erst mal üben!"
Kathrin erschrickt bei dem Gedanken.
„Als ich in Englisch kurz vor dem Abitur ein paar Minuten lang Englisch reden sollte, hab ich total versagt, obwohl ich gut in Englisch bin und lange Nacherzählungen geschrieben habe", fährt sie nachdenklich fort.
Ich war richtig in Panik."
Kathrin spürt eine müde Leere, sinkt innerlich in sich zusammen.
Die Dame lächelt sie aufmunternd an. „Du fängst doch gerade an, es zu lernen. Dein neuer Anfang!"
Kathrin seufzt tief und schaut sie hilflos an. Jäh richtet sie sich wieder auf: „Und dann hat sie sich noch über mich lustig gemacht auf dem Ball! Nachdem sie noch mal wiederholt hat, warum sie mir keine Zwei in der Prüfung gegeben hat, was ich ja nun schon wusste."
„Wie das denn?"
„Sie hat sich darüber amüsiert, dass ich mein Kleid unterm Arm immer etwas zurecht gezupft habe, weil ich Angst hatte, es rutscht zu

tief. Was sollte das bloß?"
„Redet solchen Unsinn, statt dein Kleid zu bewundern."
„Ja, wenigstens das!" Kathrin grinst die Dame schief an.
Die steht auf und nimmt sie in den Arm. Kathrin ist ihr dankbar dafür, trotzdem merkt sie dadurch erst richtig, wie wütend sie eigentlich ist.
Kathrin hat sich nach Münster beworben, um Englisch und Französisch zu studieren. Bald wird sie zu Hause ausziehen, als Letzte der Geschwister. Münster ist nicht weit, sie kann zum Wochenende nach Hause fahren.
Ihr Vater schreibt einen Brief an den Jüngsten ihrer Brüder, der sieben Jahre älter ist und bei Würzburg mit Frau und Kind wohnt.

Osnabrück, den 26.7. 1966

Liebe Bettina, lieber Josef!
Wir haben die Zeit hier gut herumgekriegt, haben natürlich auch am Radio die Fußball-Meisterschaften verfolgt. Mutter und Tante Mathilde waren ganz aufgeregt, besonders gestern beim Spiel gegen die Russen. Tante

Mathilde hat drei Glas Muskateller getrunken und meinte, bei deutschem Endsieg müssten wir eine Flasche Sekt trinken. Als ich ihr klarmachte, dass sie dann die ganze Flasche an einem Abend allein trinken müsse, Mutter und ich dürfen ja nicht, meinte sie allerdings, das schaffe sie nicht. Na, wir haben jedenfalls die Spiele angehört, obwohl Herbert Zimmermann berichtete.
Gerade ist Kathrin gekommen. Sie hat schon wieder eine dicke Backe trotz des herausoperierten Weisheitszahns.
Herzliche Grüße von uns allen
Vater

Kathrin liest den Brief bei einem Besuch in Würzburg. Abends im Bett nimmt sie ihren Taschenspiegel heraus und sagt:
„Mensch Papa, haste gar nicht gemerkt, dass du „Endsieg" geschrieben hast?
Mann Mann Mann! Deutscher Endsieg!
Das ist Sport, Papa, Fußball, kein Krieg! Jetzt machst du aber die dicken Backen!
Dein reifegeprüftes Kathrinchen, trotz der herausoperierten Weisheit." Der Spiegel bläst die Backen auf und runzelt die Stirn.

Der lila Mantel

Kathrin ist nach Münster gezogen, in ein möbliertes Zimmer, mit ihrer Freundin Margret. Zusammen im Zimmer ist es gemütlicher, finden sie beide. Kathrin hat am Ende des Semesters eine Prüfung in Englisch vor sich, bei einem „Studienrat im Hochschuldienst", der auch das Seminar hält. Sie lesen „Justine" von Lawrence Durrell.

Kathrin kann mit dem Buch nicht sehr viel anfangen, die Stimmung ist ihr zu düster. Alexandria zu fremd. Die Sprache und der Inhalt ebenfalls. Für sie handelt es sich um frustrierte Erwachsene, die mit ihrem Leben nichts anfangen können. Also müht sie sich mit der Sekundärliteratur ab.

Und dann bekommt sie auch noch eine Grippe. Zum ersten Mal ist sie krank, ohne dass jemand das Essen für sie macht. Am Anfang geht sie oft in einen Imbiss, isst Pommes Frites oder mal eine Currywurst, ansonsten essen sie kalt, oder Kathrin geht zu ihrer Schwester, die jetzt ein Baby hat und Hausfrau ist.

Doch die Erkältung hält sich nicht so lange und sie kann wieder mit dem Fahrrad zur Uni fahren.

In der Prüfung versucht sie ihr Bestes, aber der Prüfer wirkt arrogant und demonstriert seine Überlegenheit, außerdem scheint er ein richtiger Fan von Lawrence Durrell zu sein. Jetzt soll Kathrin einen Teil des Textes vorlesen. Das tut sie gern, ihre Aussprache ist gut. Bei einem Wort verbessert er sie streng. Plötzlich wird etwas in Kathrin lebendig. Dem will sie es zeigen, dem arroganten Möchtegern-„Professor". Sie weiß genau, ob ihre Aussprache richtig ist oder nicht, natürlich kennt sie nicht alle Wörter. Aber bei diesem ist sie sich ganz sicher. Sie widerspricht und besteht auf ihrer Aussprache. Das ist dem Studienrat wohl noch nicht untergekommen. Aber er lässt sich nichts merken und holt immerhin ein Wörterbuch. Dann wirft er ihr einen irritierten Blick zu.

Sie hat recht gehabt. Innerlich macht Kathrin einen Luftsprung. Sie war sich so sicher und es hat geklappt. Kathrin ist klar, dass er drauf und dran war, sie durchfallen zu lassen, aber nun ist es ihm peinlich.

Sie besteht die Prüfung.

Erleichtert kommt sie nach Hause, Margret ist auch gerade angekommen.

„So ein Blödmann, du meine Güte! Glaubt er, wir seien perfekte Literatur-Heinis?"
Margret nickt und guckt sich im Zimmer um.
„Komm, das müssen wir feiern!"
Sie gehen in eine Konditorei und bestellen Kaffee und Kuchen.
„Ich hab für uns ein neues Zimmer gefunden, in der Hörster Straße. In der Wohnung wohnen auch noch andere Studenten. Dann müssen wir unseren „Herrenbesuch" nicht mehr heimlich reinschleusen, das geht mir ja total auf den Geist."
Kathrin ist begeistert.
Kathrins Freund Arne ist jetzt bei der Bundeswehr. Er ist ziemlich genervt von der Grundausbildung und sie treffen sich am Wochenende in Osnabrück. Manchmal kommt er sie auch in Münster besuchen.
„Nachts raus, in voller Montur, mit Gepäck, und dann los, durch den Schmutz, niedrigste Gangart. Und der Uffz () behandelt uns extra wie den letzten Dreck, weil wir Abiturienten sind", beschwert er sich.
„Wer ist denn der Uffz?", fragt Kathrin.
„Das ist der Unteroffizier.", erklärt Arne und fährt kopfschüttelnd fort: „Angeblich wird

das irgendwann besser. Dann kommt die große Langeweile. Aber was soll ich machen? Vater hat gesagt: „Dein Studium kannst du dir selbst verdienen. Du kannst dich ja für zwei Jahre verpflichten." Ich weiß ja auch noch gar nicht, was ich studieren möchte. Nur eins weiß ich, ich möchte Lehrer werden."

„Na, ist doch gut, dass du das weißt. Ich bin mir da gar nicht so sicher", antwortet Kathrin leichthin.

Sie genießt vor allem ihre neue Lebenssituation und denkt noch nicht viel über ihren späteren Beruf nach.

Das neue Zimmer ist ein großer Fortschritt. Keiner kümmert sich darum, was sie tun und lassen. Kathrin freut sich über das wachsende Gefühl von Freiheit. Ihre Eltern waren ja sehr großzügig, aber dennoch ist es aufregend, dass sie essen kann, wann sie will, und auch sonst tun kann, was sie möchte.

Mehr und mehr wächst in ihr die Sehnsucht nach der Ferne, nach Veränderung. Nach dem Süden, raus aus der gewohnten Umgebung, dem trüben Wetter. Aber wohin? In Freiburg gibt es den Professor Friedrich, einen bekannten Romanisten. Freiburg liegt in der Nähe von Frankreich, der Schweiz, und Italien. Dort wäre das Mittelmeer, der Süden, viel näher. Spontan fasst Kathrin einen Entschluss. Vater unterstützt sie sogar. „Mal zwei Semester Veränderung, das kann wohl nicht schaden." sagt er zu ihr. Er selbst ist während seines Studiums aus Münster nicht herausgekommen. In Frankreich war er nur im Krieg. Er vermittelt sogar den Kontakt zu zwei Töchtern eines Kollegen, die in Freiburg studieren. Sie helfen Kathrin bei der Zimmersuche. Ihr Freund, Arne, findet es auch gut, dass sie ein wenig abenteuerlustig ist. „Ich komm dich dann besuchen und wir können Ski laufen und in die Berge fahren." Arne ist Handballspieler und außerordentlich sportbegeistert. Kathrin hat so ihre Hemmungen, aber abgeneigt ist sie nicht.

In Freiburg bezieht sie ein kleines Zimmer, oben unterm Dach, mit Toilette und Wasserbecken auf dem Flur, einer Waschschüssel und einem Kohleofen im Zimmer.

Mit einem Koffer, zwei Postern, einem Plattenspieler und ihrer einzigen LP von den Beatles „Sergeant Pepper's Lonely Hearts Club

Band" fährt sie mit der Bahn nach Freiburg. Dort trifft sie zwei ehemalige Klassenkameradinnen.

In jeder Straße sieht man die Berge. Kathrin freut sich darüber. Alles in Freiburg ist schön und aufregend.

Die Klassenkameradinnen sind stolz, ihr alles zeigen zu können. „Wir gehen mit dir in die Pizzeria am Martinstor, die Margherita schmeckt so lecker und kostet nur drei Mark."

Kathrin hat nicht viel Geld, aber die Freundinnen haben auch dafür eine Lösung: „Wir reißen Karten ab. Zum Beispiel für ein Konzert von Franz Josef Degenhardt, wenn der im Audimax auftritt. Dafür bekommt man drei Mark und dann können wir in die Pizzeria gehen. Das Glas Valpolicella oder der Gutedel kosten nur eins fünfzig!"

Zum ersten Mal trinkt Kathrin mit Genuss ein Glas badischen Wein. Komisch, früher mochte sie überhaupt keinen Wein, aber hier schmeckt er so köstlich wie die Pizza Margherita. Pizza, so etwas hat sie in Norddeutschland noch nie gegessen. Sie verbringt jede freie Minute bei den Freundinnen, die

ein Zimmer zusammen bewohnen. Nach einiger Zeit ist sie das abendliche nach Hause gehen leid und quartiert sich in der Wohnung der Freundinnen in ein winziges Zimmer ein. Da sie sowieso meistens zusammen sind, spielt es keine Rolle.
Kathrin ist glücklich. Sie schreibt begeisterte Briefe an Arne und der ist schon sehr gespannt und will sie bald besuchen.
In den Semesterferien jobbt sie in ihrer Heimatstadt, verdient Geld und macht ihren Führerschein. Mit den beiden Freundinnen kauft sie sich einen VW Käfer, Baujahr 1953, hellbraun wie Milchkaffee und mit einer kleinen runden Heckscheibe. Jetzt können sie in die Berge, nach Basel und Frankreich fahren, zum Ski laufen und zum Fasching auf die Dörfer. Die engen Kurven in den Bergen sind schon eine Herausforderung für ihre frisch erworbenen
Fahrkünste, aber wohlwollende junge Kommilitonen erklären ihr, wann sie schalten und Gas geben muss. Vor der Kurve bremsen, runter schalten und dann in der Kurve Gas geben.
Arne kommt sie besuchen. Er ist begeistert

von Freiburg. Hier möchte er auch studieren. Ihm entgeht nicht, dass es auch Verehrer in Kathrins Nähe gibt, aber er sagt zu ihr: „Das sind keine Gegner für mich."

Er sagt es so, dass es fast ein bisschen arrogant klingt. Aber er hat schon recht. An ihn kommt so schnell keiner heran.

Dann muss er wieder zur Bundeswehr, aber seine Zeit ist bald um. Er freut sich auf das Studium, hat entschieden: Sport und Latein sollen seine Fächer für das Lehramt an Gymnasien sein.

Kathrin bewundert seine Sportbegeisterung und ist stolz auf ihn. Latein, na ja, das war eher ihre Achillesferse in der Schule. Aber wenn er Freude daran hat, soll er doch machen.

Zum Nähen kommt Kathrin kaum noch. Eher zum Stricken, wenn sie mit den Freundinnen plaudert.

Kathrin ersteht einen lila Mantel im Courrèges Stil, den sie in der „Brigitte" gesehen hat und den sie, im Preis heruntergesetzt, im Kaufhaus „Hettlage" entdeckt hat. Ein Minimantel im Wickelstil mit Biesen, aus sehr schönem flauschigen Wollstoff, asymmetri-

scher Courreges-Stil, sehr chic.
Die drei Freundinnen wohnen nah am Münster, der Kathedrale, die mitten in der Stadt steht, sie gehen abends in die Diskothek, eine Minute entfernt von ihrer Wohnung. Dort hört Kathrin zum ersten Mal Soul-Music, ihre erste Motown-Schallplatte heißt: That's Soul, immer wieder hört sie „When a man loves a woman, Knock on Wood, Mustang Sally, Fa-Fa-Fa-Fa, Warm and Tender Love". Sie fahren nachts zum Weiberfasching, dem „Schmutzige Dunschtig", in den tiefen Schwarzwald. Die Frauen setzen sich Masken auf, auch alte Frauen, und schnappen sich die jungen Männer, da haben die drei jungen Studentinnen keine Chance. Um vier Uhr morgens gibt es einen Umzug, alle tragen Nachthemden, „Hemdklunki" heißen sie auf Badisch. Anschließend, um sechs oder sieben Uhr morgens, sind die Kneipen voll besetzt und es gibt „Leberle" und Innereien.
Kathrin trägt den lila Mantel, als sie einen Ausflug nach Straßburg machen. Er repräsentiert Leichtigkeit und die Veränderung in ihrem Leben.
Eine schöne neue Farbe, das Licht ist anders

als in Norddeutschland, wärmer, die Berge vermitteln ihr ein Gefühl von Geborgenheit und trotzdem herrscht ein internationales, südliches Flair.

Jerseykleider in leuchtenden Farben

Nach zwei Semestern ist die schöne Zeit in Freiburg zu Ende. So war es abgemacht. Schweren Herzens kehrt Kathrin nach Münster zurück.
In Freiburg zu bleiben, kommt ihr nicht in den Sinn. In so einem Paradies zu leben, das wäre ja wie das ganze Jahr Weihnachten!
Arne kann endlich anfangen zu studieren. Sie bezieht mit Arne und der Freundin, mit der sie schon vorher in Münster zusammen gewohnt hatte, eine Wohnung in einem Haus, das demnächst abgerissen werden soll. Kathrins Schwager, der bei der Stadt arbeitet, hat es ihnen vermittelt. Die Miete ist sehr günstig, sie besorgen zwei Ölöfen und einen Kohleofen für Kathrin.
Arne krempelt die Ärmel hoch und stürzt sich in die Einrichtung der Wohnung. Er ist handwerklich begabt und bastelt gerne an allem Möglichen herum.
Die Zimmer sind unmöbliert, zum ersten Mal müssen sie die Möbel selbst in die Wohnung schleppen. Kathrin gefallen die Möbel in ihrem Zimmer, die alt und hübsch sind. Sie

streicht alles weiß und knallrot. Das sieht zwar toll aus, aber zum Wohlfühlen ist es etwas zu knallig. Außerdem macht es zu viel Mühe, alle Öfen zu heizen, also ist sie meistens im Zimmer ihres Freundes.
„Gib mal die Streichhölzer her!" Arne zündet die Öllache an, die langsam in den Ofen hineinfließt.
„Das klappt immer nicht bei mir", stöhnt Kathrin.
Arne lacht. „Tja, gekonnt ist gekonnt." Er nimmt Kathrin in den Arm. „Dafür kann ich nicht stricken"
Kann man das überhaupt vergleichen, fragt sich Kathrin.
Kathrin langweilt sich in der Uni und mit einer ehemaligen Mitschülerin aus dem Schickeria Milieu.
Der Winter 1968 ist kalt und das Heizen der Ölöfen mühselig. Wenn das Öl in den Ofen gelaufen ist, ersäuft das Streichholz regelmäßig. Durch die wechselnde Temperatur erkältet Kathrin sich und liegt krank im Bett. Der Freund geht mit der Freundin abends aus. Kathrin ist nicht wirklich eifersüchtig, aber trotzdem wütend. Münster nervt sie nach

Freiburg, das Wetter, die Umgebung, die Beamtenstadt, das fehlende internationale Flair. Lange hält sie es dort nicht aus. Die Gelegenheit ist da, sie will nach Frankreich, nach Paris, als Au-Pair Mädchen.
Das grüne Jerseykleid ist ein Versuch, Farbe in ihr graues Leben zu bringen.
Schockfarben bestimmen die Mode: Pink, Knallblau, Giftgrün, Gelb.
Das Jerseykleid hat einen modischen langen Reisverschluss vom Ausschnitt bis zum Bauchnabel, es ist mini. Dazu ein Hemdkragen.
Kathrin hat zugenommen, sie nimmt jetzt die Pille, und ist auch deswegen missmutig. Die Pfunde werden zwar durch den geraden Schnitt kaschiert und die Farbe steht ihr, aber das Kleid ist trotz des modischen Reißverschlusses eher ein Aufschrei als ein ästhetischer Genuss. Selbst ihr Vater macht eine abfällige Bemerkung über ihre Figur. Die steckt Kathrin schlecht gelaunt weg, ist aber dennoch schockiert.
Seit dem „bösen" Blick erwartet sie von ihrem Vater, was ihr Aussehen angeht, sowieso nichts Positives.

Vater schreibt an den Jüngsten der Brüder nach Würzburg, wo dieser gerade eine Familie gegründet hat und als Betriebswirt in einer renommierten Baufirma arbeitet.

Osnabrück, Nikolaus 1968

Liebe Monika, lieber Josef!
Hier bei uns ist alles beim Alten. Wir drei fühlen uns ganz wohl. Kathrin kommt mit Arne fast jedes Wochenende. Heiligabend werden wohl Kathrinchen, Franz und Gerda bei uns sein. Michael will mit Familie am zweiten Weihnachtstag kommen und einige Tage bleiben. Kathrin will anscheinend nach Freiburg zum Ski fahren mit Arne. Was sonst so wird, müssen wir mal abwarten.
Wir freuen uns auf die Ferien. Die Feiertage werden wir ja wohl gut überstehen. Die nötige Menge Alkohol ist vorhanden, Magenpulver muss noch gekauft werden.

Herzliche Grüße von Tante Mathilde, Mutter und Vater

Vor dem Spiegel in ihrem rot-weißen Zimmer

reißt Kathrin die Augen auf.

„Ich friere! So ein Mist!", brüllt sie ihr Spiegelbild an.

„Los, mach Feuer! ich möchte es warm haben!"

Das Spiegelbild rührt sich nicht. Dann dreht es sich weg und geht.

„Bleib hier!" Wut steigt in Kathrin auf. „Wo ist das Leben geblieben? Das hier kann doch nicht dein Ernst sein."

Das Spiegelbild schaut arrogant über die Schulter zu ihr zurück. „Wie? Leben? Hier tobt doch die Studentenrevolte, hast du das vergessen? Das scheinst du gar nicht mitzukriegen, du Töchterchen aus behütetem Hause, du bildungsbeflissene höhere Tochter!"

Kathrin stockt der Atem. „Wie bitte?"

„Du hast es doch so gewollt. Dein Papa sagt: „Zwei Semester Freiburg sind genug. Und du folgst, du gehorsame Tochter." Ein spöttisches Grinsen überzieht das Gesicht des Spiegelbildes.

Das ist ungerecht, denkt Kathrin.

Trotzdem ist sie nicht zufrieden mit sich selbst. Das wiederum fühlt sich sehr unangenehm an. Was ist bloß mit ihr los?

„Warum bist du nur so ein arrogantes Arschloch?", fragt sie ihr Spiegelbild.
Das hält kokett den Zeigefinger an die Nase.
„Weil ich mich dann stark fühle. Kühl. Überlegen. Und weil ich nicht so hässlich und jämmerlich aussehe wie du. Wenn ich schön, distanziert und kühl bin, hab ich alles in der Hand?" Sie spielt mit der Hand in der Luft, greift langsam zu und macht eine Faust. Die hält sie hoch und schaut Kathrin finster an.
Kathrin fröstelt. „Ach, du bist doch Lichtjahre von mir entfernt, mit dir kann ich gar nichts anfangen."
Das Spiegelbild dreht sich kokett um, zeigt ihr die kalte Schulter und rauscht davon.
Verärgert macht Kathrin sich an die Arbeit und schneidet den schockfarbenen Jersey zu. Gerader Mini, mit einem überlangen Reißverschluss, zack, zack!
„Don't tochter me!", flüstert sie verbissen vor sich hin.

Tarnkleidung und Seidenbluse

Kathrin hält ein Schreiben in der Hand. Sie ist aufgeregt. Die Mitteilung über ihre Au Pair-Stelle.
„Nach Paris fahre ich", sagt sie und stutzt, „aber da bleibe ich nicht. Die Familie fährt zum Ski laufen nach Courchevel in die Alpen, 1850 m hoch.
Madame ist zweiundzwanzig Jahre alt und hat ein kleines Baby, auf das ich aufpassen soll."
Arne ist beeindruckt. „Toll" , sagt er, „ich beneide dich, aber ich kann ja leider kein Französisch. Mit der Fächerkombination Latein und Griechisch ist es schon etwas schwieriger im Ausland." Aber er freut sich für Kathrin.
„Vielleicht kann ich dich besuchen, von Marburg aus."
Kathrin nickt. Sie ist in ihren Gedanken schon in Frankreich.
Sie ist zuversichtlich, dass es klappen wird, aber für Luftsprünge ist ihr alles noch ein bisschen zu unsicher.
Madame ist nur ein Jahr älter als sie, besitzt mehrere Boutiquen in St. Tropez und Nîmes,

ihr Mann ist Einkäufer für Boutiquen. Kathrin hat großen Respekt vor französischer Mode, aber zunächst mal ist sie froh, dass ihr Aufenthalt in Münster beendet ist, vorläufig jedenfalls.

Der Freund hat zwei Jahre bei der Bundeswehr absolviert und will jetzt studieren. Am liebsten möchte er nach Freiburg, wird aber erst mal nach Marburg gehen. Kathrin hatte ihren Vater gefragt, ob sie auch nach Marburg gehen dürfe, aber noch nicht genau herausbekommen, ob das überhaupt funktioniert mit ihrem Studium.

Deshalb ist ihr Vater wütend. „Hier steht doch, dass du eine Zwischenprüfung brauchst. Die hast du aber nicht. Was soll das?"

Kathrin fängt an zu weinen. Vater ist streng und so autoritär, das kommt so plötzlich. Als er sie weinen sieht, wird er noch wütender. Also Ende der Durchsage. Kathrin ist enttäuscht und gekränkt. Warum ignoriert er ihren Wunsch und flippt so aus, wenn sie weint? Es hätte doch bestimmt eine Lösung gegeben.

Aber die Lösung ist ja nun eine andere:

Frankreich!
Dagegen kann er nichts sagen. Wer Französisch studiert, sollte schon längere Zeit in Frankreich verbringen.
Nicht so wie er. Er hatte Englisch und Französisch studiert, war nie in England und in Frankreich nur im Krieg. Das hat er immer bedauert.
In Paris wird Kathrin von der jungen Madame mit dem Auto abgeholt. Sie fahren nach Montmartre in die Wohnung ihrer Großmutter. Kathrin kann sich an der Inneneinrichtung der Wohnung nicht sattsehen. Eine große Altbauwohnung im französisch-geblümt und verzierten Stil. Es gibt zur Feier des Tages „Cervelles", Hirn, das in geschmolzener Butter schwimmt.
Kathrin ist das Essen nicht sehr geheuer, aber sie saugt die Atmosphäre in sich auf. Die Familie ist freundlich und alle reden viel. Das kommt Kathrin gelegen, sie traut sich kaum zu sprechen, aus Angst, Fehler zu machen.
Am nächsten Tag geht es mit dem Auto nach Courchevel.
Kathrin ist schwer beeindruckt. Am Verhalten der anderen merkt sie, dass sie jetzt dabei ist,

sozusagen zur Familie gehört.
„Comment vous-appelez-vous?" Wie heißen Sie?
Madame siezt Kathrin, obwohl sie nur ein Jahr älter ist. Sie nennt ihren vollständigen Namen. Katharina-Maria, mit Bindestrich. Das gefällt Madame. Sie ruft nun manchmal durch die Wohnung „Katharina-Maria, venez, s'il vous plaît."
Kathrin findet das lustig, so hat sie noch nie jemand genannt.
Madame erzählt ihr, dass sie ohne ihren Mann abends nicht ausgehen darf, nicht einmal ins Kino mit einer Freundin. „Il est très jaloux". Er ist sehr eifersüchtig.
Kathrin ist erstaunt. Madame besitzt mehrere Boutiquen, eine sogar in St Tropez, und darf abends nicht allein ausgehen? Eine Pariserin?
In der Wohnung läuft Madame völlig ungeniert ungeschminkt und unfrisiert herum. Kathrin findet sie nicht besonders hübsch. Aber welche Verwandlung, wenn sie sich zum Ausgehen zurechtmacht! Nicht zu fassen, wie toll sie dann aussieht!
Wie ein Filmstar. Sie erinnert Kathrin an Jeanne Moreau oder Brigitte Bardot.

„Incroyable", flüstert Kathrin ihrem Spiegelbild zu und fährt fort, das Baby zu wickeln. Die Windel wird mit einer Sicherheitsnadel befestigt. Ist das nicht gefährlich? Aber Madame hat es ihr so gezeigt, also macht sie es.
Das Paar fliegt auf den Gletscher, um Ski zu laufen.
Kathrin leiht sich ein paar Ski, die Sonne scheint, sie läuft mit ihrer weißen Strickjacke zum Lift und nimmt den Nächstbesten. Die Piste ist mittelschwer und sie kommt ganz gut den Berg hinunter. Sie erzählt es stolz ihren Gastgebern.
„Da haben Sie aber Glück, dass Sie nicht auf dem Gletscher gelandet sind. Der Lift war direkt daneben und sah eigentlich genau so harmlos aus.", erklären sie ihr.
Glück gehabt. Kathrin findet alles aufregend, aber das Publikum in Courchevel ist die Crème de la Crème. Überall sieht man Damen in sündhaft teuren Pelzen.
Nach ein paar Wochen geht es weiter nach Nîmes, dort verbringen sie noch einen Monat, dann ist der Au-Pair Job schon zu Ende. Sie fahren wieder nach Paris.
Kathrin fragt Madame, ob sie nicht über ihre

Beziehungen in ein Modehaus gehen und dort ein paar Sachen günstiger bekommen könnte.

Madame überlegt. „Oui, ça pourrait aller."
Kathrin muss aber allein hingehen. Sie geniert sich ein bisschen, als sie das elegante Modeatelier betritt. Aber man weiß schon Bescheid. Madame hat Wort gehalten. Schüchtern, aber entschlossen durchforstet Kathrin die eleganten Kleidungstücke. Sie ersteht eine helle, fast durchsichtige geblümte Seidenbluse und einen Faltenrock.

Sie bekommt einen größeren Preisnachlass. Das Spiegelbild ist schon gespannt und nickt anerkennend, als Kathrin ihre Schätze vorführt.

„Ist jetzt nicht so außergewöhnlich", sagt Kathrin, „aber Original Paris „Prêt à Porter".
„Das war einfach eine super Idee von dir, danach zu fragen", sagt das Spiegelbild anerkennend.

„Was wäre, wenn ich einfach noch länger hier bliebe?", fragt Kathrin ihr Spiegelbild.
„Oh ja! Das machen wir!"
Das Spiegelbild ist so begeistert, dass Kathrin sofort entschlossen ist. „Das Sommersemester

ist noch nicht zu Ende, also habe ich sowieso nichts zu tun in Deutschland."

Arne ist inzwischen in Marburg, von dort könnte er sie in Paris besuchen.

Vater ist einverstanden. Es kostet ihn keinen Pfennig mehr, wenn sie in Paris bleibt. So langsam hat er schon begriffen, dass sie zu dem kommt, was sie will.

Die ehemaligen Gasteltern helfen ihr, ein Zimmer zu finden, bei einem befreundeten Zahnarzt, ein ehemaliges Dienstmädchenzimmer im fünften Stock ohne Fahrstuhl, die Toilette auf halber Treppe und ein Waschbecken im Zimmer. Keine Dusche und kein Ofen. Aber es ist ja Sommer. Das Zimmer ist unglaublich schmutzig, aber möbliert. Nach gründlichem Putzen sieht es schon ganz ordentlich aus.

„Ein Zimmer in Paris, unter dem Dach, wie romantisch!" Kathrin strahlt ihr Spiegelbild an. „Das haben wir gut gemacht. Wow! Und unten im Haus der Boulanger, wie toll!"

Kathrin zieht los, sie besucht Sprachkurse und geht in die Museen, immer mal ein bisschen, alles auf einmal ist ihr zu viel. Sie lernt junge Leute kennen. Holländer, Amerikaner und zwei Schweizerinnen, mit denen sie loszieht. Keine Franzosen. Das ist schwierig. Abends ist auf dem Boulevard St Germain viel los. Sie gehen in Bars und Discotheken. Kathrin genießt das Leben ohne Reglementierung, ohne Au-Pair-Familie. Allerdings hat sie nicht mehr so viel Gelegenheit, französisch zu sprechen.

Arne kommt sie mit seinem VW Käfer besuchen. Er findet sich in dem Gewimmel von vielspurigen Straßen und Plätzen gut zurecht. Augen auf! Bremsen und Gas geben ist die Devise, sich nicht wie in Deutschland an die Regeln halten. Kathrin bewundert ihn, wie gut er sich zurechtfindet, ein Naturtalent. Arne versteht kein Französisch, also hat Kathrin viel Gelegenheit zu übersetzen. Ins Kino gehen ist zu teuer, aber die Comédie Française kostet nur zwei Franc fünfzig pro Person, ganz oben im zweiten Rang, wo einem schon schwindlig wird, wenn man herunter auf die Bühne schaut.

Es gibt „Cyrano de Bergerac" und Kathrin hat großen Spaß, Arne alles zu übersetzen. Anschließend gehen sie ins Quartier Latin und erstehen ein „Pain Bagnat" im arabischen Im-

biss, ein großes Brötchen, gefüllt mit Oliven, Thunfisch, Peperoni, Tomaten, Salat und hart gekochten Eiern. Sozusagen eine „Salade Niçoise" im Brötchen.
Sie gehen zu Fuß quer durch Paris. In die legendären „Les Halles", wo die Schlachter Tag und Nacht arbeiten und schon früh am Morgen im berühmten Restaurant „Pied de Cochon" mit blutverschmierten Händen ein Glas Rotwein trinken. Abends tafelt und feiert dort die Pariser Schickeria im ersten Stock. Es gibt so viel zu gucken in Paris, ohne dass man viel Geld braucht.
Dennoch sucht sich Kathrin einen Job.
Sie steht vor dem schwarzen Brett in der Sprachschule. „Hilfe im Haushalt gesucht. Montmartre, Rue Marcadet."
Kathrin stellt sich vor. Sie betritt ein feudales Appartment. Madame ist Engländerin, spricht aber perfekt und akzentfrei Französisch und ist sehr unkonventionell und nett. Kathrin wäscht unglaubliche Berge von Geschirr ab, putzt, wischt und saugt Staub, zwei Mal die Woche. Aber es gefällt ihr, weil die Wohnung so toll ist und Madame so nett. Außerdem ist dadurch das Geld nicht mehr so

knapp. Eines Tages fragt Madame sie, ob sie nicht den Juli und August mit der Familie in ihre Villa an der Côte d'Azur fahren will, als Au Pair für ihre drei kleinen Söhne. Sie bietet gute Konditionen, den halben Tag frei, eigenes Zimmer, Verpflegung und ein üppiges Taschengeld.

Kathrin jubelt innerlich und ist begeistert. Villa am Meer, Sommer, das ist ja wie ein Lottogewinn!

Arne schreibt ihr herzzerreißende Briefe aus Marburg. Er fühlt sich einsam. Wenn er daran denkt, dass sie getrennt sind, ballt er innerlich die Fäuste und sagt, er hält es nicht mehr aus, ohne sie zu sein. Dennoch hat er keine Einwände gegen ihre Pläne, sorgt sich um sie, erledigt alles, was er von Deutschland aus tun kann, und schreibt dann, mit etwas Galgenhumor: „Ich wünsch Dir eine schöne Bräune!" und, etwas hoffnungsvoller, „Ich besuche dich in St Tropez!"

Kathrin freut sich so sehr auf die Reise, dass sie gar keine Zeit hat, ihn zu bedauern. Sie glaubt fest daran, dass er sie besuchen kommt.

Dann geht endlich die Reise los. Das große

Auto ist abends bepackt, Kinder, Koffer, Au-Pair, Madame und Monsieur.
Gerade verlassen sie Paris, da fragt der dreijährige Sohn: „Nous sommes déjà là?" Sind wir schon da?
Eine Stunde später schlafen die Kinder ein und wachen erst in Aix-en-Provence wieder auf.

Spaghettiträger und Empire Mode

In Aix übernachten sie im „Hôtel du Roi René", eines der vornehmsten Hotels am Platze.
„Ganz oder gar nicht", sagt Madame und meint damit „Bestes Hotel oder Camping".
„Keine schlechte Einstellung", denkt Kathrin, als sie auf den Balkon ihres Zimmers tritt.
Sie kann den Luxus kaum genießen, denn schon geht es weiter Richtung „Le Lavandou".
Am Cap Bénat, bei „Bormes les Mimosas", biegen sie, oben auf dem Berg angekommen, in ein Grundstück ein. Die Villa liegt da, flach, aus Natursteinen gebaut, und schmiegt sich wunderbar in die Vegetation und die Beschaffenheit des Hügels ein. Erst am nächsten Morgen staunt Kathrin über die ganze Pracht des Ausblicks. Am Fuße des Berges erstreckt sich das Mittelmeer in großartiger Schönheit und hinter der Villa vereint sich das Grundstück mit der Wildnis des Berges.
Kathrin steht vor der Villa mit Bébé auf dem Arm, dem Kleinsten der drei Jungen, der eigentlich Guy heißt, aber alle nennen ihn Bébé.

Bébé staunt auch und ist ganz ruhig.
Es ist warm, der Himmel ist blau. Die anderen beiden Jungen, drei und fünf Jahre alt, toben auf dem Grundstück herum.
„Achtung, er tropft!", bemerkt Kathrin und hält Bébé von sich fort.
Bébé trägt keine Windeln. Madame hat ihr erklärt,
ihr Sohn solle nicht in Windeln eingezwängt werden.
Jetzt steht Bébé vergnügt in seinem Laufstall, von dem aus er alles sehen kann. Wenn etwas aus ihm herauskommt, wird es weggewischt bzw. die ganze Plastikmatte, auf der er steht, abgeduscht.
Kathrin findet das irgendwie gut, auf alle Fälle hat sie mit dieser Methode keine Probleme. Madame gefällt ihr sowieso gut, sie sagt zwar immer „Mademoiselle" zu ihr und nicht ihren Vornamen, aber das klingt sehr charmant. Sie ist sehr nett und unterhält sich häufig und lange mit Kathrin, findet Kathrin interessant und nimmt sie ernst.
Sie nimmt sie sogar sehr ernst, als sie ihr erzählt, dass sie die Terrasse umgestalten und mit Natursteinen pflastern lassen wollen. Das

sei aber sehr teuer, und sie überlegt, ob sie spanische Arbeiter anstellen solle, die seien günstiger. Kathrin hat eine Idee. Sie weiß, dass Arne einmal Platten verlegt hat im Garten seiner Eltern, außerdem ist er sehr geschickt, und so schlägt sie Madame vor, ihn zu fragen.

Das wären mehrere Fliegen mit einer Klappe, denkt Kathrin, von plötzlicher Begeisterung ergriffen. Arne muss sich in Osnabrück im Kupfer-und Drahtwerk am Hochofen abquälen, um Geld zu verdienen, hier wäre es natürlich viel angenehmer und sie wären zusammen, könnten die Küste erkunden und am Strand liegen, wenn sie frei haben.

Madame ist sofort interessiert. „Oui, oui, demandez-le, ce serait très pratique, pour nous et vous aussi, n'est-ce pas?" „Ja, fragen Sie ihn, das wäre doch für uns und Sie sehr praktisch, nicht wahr?" Sie zweifelt keinen Moment daran, dass Kathrin möglicherweise nicht wirklich einschätzen kann, was da für Arne an Arbeit ansteht.

Kathrin ist begeistert. Sie schreibt einen Brief an Arne und erklärt ihm den Vorschlag. Arne schreibt zurück in zärtlich-ironischem

Tonfall:„Wie nicht anders zu erwarten war, hast du die Pläne desjenigen, der mit dir zwangsläufig liiert ist (oh la la, denkt Kathrin amüsiert), über den Haufen geworfen. In diesem Fall bin ich allerdings von Anfang an Feuer und Flamme. Zwar bin ich einigen Anfeindungen väterlicherseits ausgesetzt, doch setze ich mich mittlerweile über derartig unbegründete Einwände hinweg.

Wenn ich gemäß deiner Prognosen einen Monat Beschäftigung habe, geht die Rechnung auf. Am Ende muss nur die Kohle stimmen."

Ihre Eltern hat er überreden können. Arnes Frage hinsichtlich des verlängerten Frankreichaufenthaltes folgte die lakonische Antwort von Kathrins Vater: „Ihr müsst ja wissen, was Ihr tut. Alt genug seid Ihr schließlich."

Kathrin atmet tief durch. Gut, dass sie nicht dabei war, das hätte vielleicht wieder ein Aufbrausen väterlicherseits und Tränen ihrerseits gegeben.

Arnes vernünftigen Argumenten gegenüber konnte der Vater sich wohl nicht verschließen.

Sie liest mit Erstaunen, dass Arne sogar das

weitere Studium in Freiburg durchgesetzt hat. Sie könnte dann später in Karlsruhe an der pädagogischen Hochschule ihre Prüfung machen.

Arne schreibt: „Ich bin gleich ins Ziel geschossen und hatte mit dieser Taktik vollen Erfolg. Dein Vater las sich den Schrieb aus Karlsruhe durch und ließ sich von mir die Vorteile eines Studiums in Baden- Württemberg erläutern. Zwar hat er noch nicht sein volles Einverständnis gegeben, aber es ist schon ein Erfolg, dass er nicht sofort sein Veto eingelegt hat."

Arne hat ganze Arbeit geleistet!

Wenn man Vater selbstbewusst und ruhig gegenüber tritt und vielleicht männlichen Geschlechtes ist, denkt Kathrin, hat man gute Chancen, etwas zu erreichen.

Ein bisschen tut Vater ihr leid. Gleich zwei solche Botschaften, erst Südfrankreich und dann in die Ferne, nach Freiburg ... Möglicherweise tut ihm der Abschied der jüngsten Tochter auch weh. Was soll man denn so einem potentiellen Schwiegersohn auch sagen? Vor ihm wird Vater kaum zugeben, dass er Kathrin vermissen wird. Stattdessen sagt er,

dass sie bald ihr Examen haben müsse, weil er in Pension gehen wird und dann nicht mehr genug Geld hat, um sie zu unterstützen. Nach allem, was Arne schreibt, klingt das eher besorgt und etwas müde.
Kathrin ist auf dem Weg zum Strand von „Le Lavandou". Sie wandert den Berg hinunter. Dort will sie mit Arne telefonieren. Manchmal dauert es zwei Stunden, bis sie bei der PTT, der französischen Poststation, eine Verbindung bekommt. Es ist warm und sie trägt eines ihrer selbst genähten Kleider, eines aus orangefarbener Baumwolle, mit einer Empire-Passe und Spaghettiträgern. Die langen Haare hat sie hochgesteckt. Es gibt noch ein anderes aus Seersucker mit hellblauen, weißen und türkisen Streifen, das sie besonders mag.
Am Strand ist nicht viel los. Sie bedauert es ein wenig, keine jungen Leute kennengelernt zu haben, aber immerhin spricht sie jetzt viel Französisch mit Madame und manchmal auch mit Monsieur, der am Wochenende aus Paris kommt.
Er ist „Directeur de l'Electricité de France", ein hohes Tier. Er ist nicht unfreundlich, aber

etwas steif.

Diesmal muss sie nicht so lange auf das Telefonat warten, und sie bespricht mit Arne die letzten wichtigen Dinge, bevor er den langen Weg nach Südfrankreich mit seinem kleinen grauen VW Käfer antritt. Kathrin hat ihm die komplizierte Anfahrt ausführlich beschrieben. Sie kann es noch gar nicht glauben, dass sie bald sehen wird, wie sich der kleine Käfer den Berg heraufschrauben wird.

Am Tage von Arnes möglicher Ankunft strahlt der Himmel, wie fast jeden Tag, in verschwenderischem, intensivem Blau über der Bucht und Kathrin kann es noch nicht fassen, dass sie demnächst mit Arne diesen Traum erleben wird. Sie schaut immer wieder die Serpentinen herunter, in denen sich die Straße zu ihrer Villa hinauf windet. Immer auch ein bisschen ängstlich, hoffentlich passiert nichts auf der langen Reise! Dann würde sie nicht so schnell benachrichtigt und müsste sich lange sorgen. Wie furchtbar wäre das! Oh, Bébé gibt etwas von sich. Kathrin ist gefordert und eilt ins Haus. Als sie wieder draußen ist, sucht ihr Blick wieder den Berg ab. Da unten bewegt sich doch etwas! Und tatsächlich, da kommt doch etwas kleines Graues daher gekrochen, oder? Ohne Zweifel, beim Näherkommen sieht sie, das ist ein grauer VW Käfer. Unglaublich! Das kann ja nur er sein, davon wird es nicht zwei geben, die sich zum verabredeten Zeitpunkt in Richtung Cap Bénat die Serpentinen hinaufschrauben.

Sie verfolgt gebannt den Weg des Automobils, bis es endlich in das Grundstück einbiegt. Das ist ein großer Moment, die Kinder freuen sich auch und hüpfen wild auf dem Grundstück herum. Madame begrüßt Arne sehr herzlich und Kathrin zeigt ihm ihrer beider Zimmer.

Abends gibt es ein „Grand Dîner" zum Empfang. Gigot de Mouton, Lammkeule mit Knoblauchzehen gespickt, dazu Salat und Baguette. Kathrin hat bei Madame kochen gelernt und hilft eifrig mit.

Arne inspiziert schon mal das Gelände, auf dem er die Terrasse bauen soll. Er untersucht die großen, flachen Natursteinplatten und schaut sich die „Bétonnière", die Betonmischmaschine, an.

Die nächsten Tage und Wochen verbringen

sie zwischen Terrassenbau, Kinderbetreuung und Ausflügen an die Küste.
Abends wird lange getafelt und über Gott und die Welt geredet. Kathrin freut sich, sie muss übersetzen und lernt immer besser Französisch. Zum ersten Mal träumt sie auf Französisch. So sehr ist es ihr inzwischen in Fleisch und Blut übergegangen.
Monsieur steht auf der Terrasse und schaut kritisch drein. Er hat die Wasserwaage in der Hand und misst hier und da.
Er traut dem Projekt seiner Frau, dem deutschen Au-Pair-Mädchen und dessen jungen Freund noch nicht so recht über den Weg.
Aber Arne freut sich eher, dass da mal jemand fachmännisch sein Werk begutachtet. Ihn quälen keine Zweifel. Stolz mischt er den Beton, schleppt unermüdlich Platten und setzt sie ein.
Die Kleinen krabbeln in seinem VW Käfer herum und benutzen ihn als Spielhaus. Einmal gibt es dort einen nassen Fleck.
„Bébé a fait Pipi dans la voiture", erklären sie treuherzig. Bébé soll ins Auto Pipi gemacht haben.
Bébé steht in seinem Laufstall und strahlt.

„Wenn der Beton noch weich ist, darf man darauf nicht herumlaufen", erklärt Arne den Jungen.
Sie finden es lustig und tun so, als ob sie drauf treten wollten. Sie fragen unschuldig: „C'est mouillé?" „Ist es nass?" und hüpfen drum herum.
Dann tut Arne ganz grimmig und sie laufen weg, vor Vergnügen kreischend.
Als die Terrasse fertig ist, geht die Au Pair Zeit zu Ende.
Die Familie fährt wieder nach Paris, aber Kathrin und Arne dürfen noch ein wenig in der Villa bleiben. Alle sind zufrieden, die Villa hat eine schöne Terrasse bekommen, Arne hat sich sogar noch mit einer kleinen Terrasse, einer Blume, verewigt, er hat Geld verdient und sie haben an der Côte d'Azur eine schöne Zeit gehabt.

Sie wollen noch mit Freunden nach Cannes, um dort zu zelten. Dann geht es nach Freiburg zum Wintersemester.

Der hellblaue Wintermantel

Endlich Freiburg, ein großer Fortschritt! Kathrin kann es noch gar nicht richtig glauben. Aber es ist wahr. Sie beziehen zwei Zimmer in einer Wohnung mit noch einem Studenten. Die Wohnungen werden an einzelne Studenten pro Zimmer vermietet. Man teilt sich Küche und Bad, das kennt Kathrin schon aus Münster. Es gibt schon einige Wohngemeinschaften, so nennt man sie, wenn sich mehrere Studenten zusammentun und in eine Wohnung ziehen.

Es ist 1970 und Kathrin hat die Studentenbewegung eher am Rande miterlebt. In Paris hatte ihr ein Student erzählt, wie die Studenten die Pflastersteine aus den Straßen gerissen hätten.

„Wenn du vor einem Jahr hier gewesen wärest", hatte er gesagt, „wärst du da mitten hineingeraten."

Kathrin findet das aufregend, schon vor zwei Jahren hat sie die Demonstrationen und Wasserwerfer in Freiburg erlebt, aber sie versteht nicht die Wut der Demonstrierenden. Die Wut richtet sich gegen die Elterngeneration,

die sich nicht gegen die faschistischen Verbrecher gewehrt haben, sogar teilweise aktiv zur menschenfeindlichen Politik beigetragen haben soll. Als vor Jahren von den Verbrechen der Wehrmacht in den Radios berichtet wurde, hatte Vater gesagt: „Stell den Quatschkopf ab! Das ist alles gelogen."
Warum sollte sie ihm nicht glauben?
Als Kathrin Weihnachten nach Hause fährt, sieht Vater schlecht aus. Er hat abgenommen und wirkt zusammengesunken. Mit letzter Kraft scheint er sich für den Unterricht aufrecht zu halten. Nächstes Jahr soll er pensioniert werden.
„Davor hat er Angst", sagt Mutter, und davor, dass er Mutter überleben könnte. Er geht keinen Schritt mehr allein, seit er vor Jahren hingefallen ist und sich den Arm gebrochen hat. Eigentlich könnte er das doch, aber er traut sich nicht mehr.
Die Schüler holen ihn mit einem Rollstuhl ab, die Schule liegt gleich gegenüber, die Treppen hoch gehen sie Arm in Arm mit ihm. Er hat immer davon gesprochen, dass er nach der Pensionierung ein Buch schreiben wolle. Ob er dafür noch die Energie haben wird? Ka-

thrin wünscht es ihm.

Sie reist wieder ab und bereitet sich auf ihr Examen vor. Zuerst muss sie eine Seminararbeit schreiben über „Die Ironie als stilistisches und kompositorisches Mittel in Voltaires 'Zadig'". Zadig lebt in der „besten aller möglichen Welten", es widerfahren ihm aber immer wieder Unglück und missliches Geschick, das meistens durch Dummheit, Aberglaube und religiösen Wahn seiner Mitmenschen ausgelöst wird. Seine Ironie als Ausdruck der Vernunft, der Ratio und des Verstandes ist das hohe Lied der Aufklärung. Kathrin bearbeitet das Thema mit viel Spaß und Freude, denn Ironie liegt ihr. Das Spiel des Geistes, Esprit, Sprache, das ist typisch französisch.

Ermuntert durch die gute Bewertung ihrer Arbeit bereitet sie sich diszipliniert auf ihre Prüfung vor. Den ganzen Tag lernen, morgens früh aufstehen, zwischendurch eine Runde spazieren gehen, einmal um den Schlossberg, vom Greiffenegg Schlössle am Café Dattler vorbei und hinten herum wieder zum Greiffenegg Schlössle zurück.

Sie sucht einen Wintermantel und entdeckt

einen besonders schicken Hellblauen mit Pelzkragen. Edles Material, heruntergesetzt, aber immerhin sollte er noch knapp 300 DM kosten. Undenkbar, so eine Summe für ihr schmales Portemonnaie. In einer Eingebung ruft sie zu Hause an. Neuerdings haben sie Telefon. Vater erhebt sich allerdings sehr selten von seinem Schreibtisch, um ans Telefon zu gehen. Diesmal tut er es. Kathrin erklärt ihm, welchen besonders schönen und kostbaren Mantel sie gefunden hat, und dann noch heruntergesetzt, aber leider noch sehr teuer.
„Dann kauf ihn mal ruhig", sagt Vater, spontan, in seiner knappen, aber durchaus liebevollen Art.
Kathrin bedankt sich stürmisch. So etwas Kostbares hat sie noch nie besessen.
Auch Arne ist beeindruckt. Er selbst hat einen sehr guten Geschmack und kauft sich wenige, aber teure und gut sitzende Kleidungsstücke.
„Darin siehst du ja wie eine Prinzessin aus!", freut er sich.
Also trägt Kathrin im Winter in Freiburg stolz ihren hellblauen Mantel spazieren.
Mutter schreibt einen Brief, dass Vater ins Krankenhaus gekommen ist. Er ist in der

Schule zusammengebrochen.
Nun wird er untersucht.
Kathrin hat ein ungutes Gefühl. Vater hasst
Aufenthalte im Krankenhaus. Hoffentlich
kommt er bald wieder nach Hause!
Sie sitzt abends beim Lernen, Arne ist in Osnabrück, um in den Semesterferien wieder einmal Geld zu verdienen, da wird sie zum Telefon gerufen. Ihr ältester Bruder Franz ist am Telefon. Er erzählt, wie er und Mutter Vater im Krankenhaus
besucht haben. Ein Arzt sei hereingekommen und hätte sie gebeten, draußen vor der Tür zu warten, er müsse Vater eine Injektion verabreichen. Sie saßen draußen, plötzlich hörten sie Vater laut und lange schreien. Bevor sie reagieren konnten, kam der Arzt heraus und teilte ihnen mit, dass Vater gerade verstorben sei. Franz steht noch immer unter Schock.
Nach dem Gespräch sitzt Kathrin allein in ihrem Zimmer und fühlt nichts, gar nichts. Ihr Blick fällt auf eine Flasche Likör, Apricot Brandy. Sie trinkt ein paar Gläser und schläft betäubt ein.
In Osnabrück angekommen, sind alle um Mutter besorgt. Kathrin bietet ihr an, ein paar

Nächte neben ihr in Vaters Bett zu schlafen. Mutter willigt dankbar ein. Kathrin fühlt immer noch nichts. Sie hat das Gefühl, Mutter gehe es ähnlich.

Zur Beerdigung wählt sie den hellblauen Mantel, ganz selbstverständlich. Die Verwandten sagen nichts.

Doch später sagt eine Tante, Schwester des Vaters, vorwurfsvoll zu ihr: „Du hattest bei der Beerdigung einen hellblauen Mantel an!" Kathrin antwortet ihr nicht. Sie und Vater haben sich verstanden. Was schert sie die Verwandtschaft?

Nachdenklich steht sie vor dem Spiegel.

Der hellblaue Mantel sieht so unschuldig aus, hell, rein und fein. Ein wunderschöner, weicher Wollstoff mit Pelzkragen, ein Mantel für eine Prinzessin.

Ach Papa, wie sagtest du noch immer, wenn ich mich als kleines Mädchen auf deinen Schoß setzen wollte?

„Nicht darauf", hast du gesagt, „das ist das Holzbein."

Dann habe ich immer scherzhaft gefragt, wenn ich zu dir kam: „Ist das das Holzbein? Oder das andere?"

Abends sollte ich dir immer ein Küsschen geben zur guten Nacht. Später mochte ich es nicht mehr, du hast es auch nicht verlangt, aber es war Gewohnheit. Es einfach zu lassen, hätte ich mich nicht getraut, aus Angst, dich zu kränken.

Mensch, Papa, irgendwie waren wir doch aus einem Holz geschnitzt, wir beide. Dein Frankreich, deine Begeisterung für die französischen Philosophen, die Literatur, die Frauen, deine Ideale. Und dann, die Gefangenschaft. Du hörtest, wie ein Arzt vor dir stand und sagte, dass es schlecht um dich stand. Dann hast du dich aufgebäumt und gerufen: „Ich muss nach Hause, ich habe eine Familie!" Das hat dich gerettet, glaubtest du. Dein eigenes Leben war dir nicht genug wert, es war deine Rolle als versorgender Familienvater, die Liebe zu deiner Frau und deinen Kindern.

Einer Krankenschwester hast du das Foto von deiner Familie gezeigt und sie hat dir ein paar Brocken zu essen zugesteckt, damit du nicht verhungert bist. Und dein geliebtes Französisch, wie schwer fiel es dir, es in Gefangenschaft zu sprechen, obwohl es dir doch sicher geholfen hat. Jedenfalls ist es dir in der Schule später schwergefallen, zu unterrichten, weil es die Sprache des Feindes war, der dir dein Bein genommen hat. Gleichzeitig hast du das Land und die Menschen bewundert. Ich kann nur ahnen, was sich bei dir alles in deinem Innern abgespielt haben mag.

Um mich brauchtest du dir keine Sorgen zu machen, es war auch nicht mehr viel Energie da, um dir Sorgen zu machen, die war bei vier Kindern einfach aufgebraucht. Aber irgendwie war es ja auch gut, dass du mir so viel zugetraut hast. Kathrinchen, die macht das schon, dein Lütten, das dir die Flasche Bier aus dem Kühlschrank geholt hat.

„Lütten, hol mir mal ein Bier!"

Ich habe es gerne gemacht, Papa, dein gutmütiges Lächeln hat mich belohnt.

Manchmal war ich sogar ein wenig frech und hab gesagt. „Schon wieder?"

Dann hast du mir spaßeshalber gedroht und ich war ganz vergnügt.

Ins Poesiealbum hast du mir geschrieben:
„Hilf dir selbst, dann hilft dir Gott."

Diesen Spruch hab ich befolgt und dir auch manchmal übel genommen, weil ich den Ver-

dacht hatte, dass das ein Trick war. Ich sollte alles selbst machen und Gott, der geht dann zu den anderen. Das ist nicht fair, Papa!
Aber eigentlich bin ich ganz gut damit gefahren.
Trotzdem, ich bedaure so Vieles, das zwischen uns unausgesprochen geblieben ist. Aber ich bin deine Tochter und du hast mich verstanden, jedenfalls in wichtigen Situationen, und ich glaube auch, dass ich viel von dir gelernt habe, auch wenn du nicht gerade viel geredet hast, jedenfalls nichts Überflüssiges.
Ich wünsche dir Ruhe und Frieden im Paradies der fürsorglichen Familienväter, und interessante Unterhaltungen mit all den deutschen und französischen Philosophen, die du dort triffst, all das, wozu du hier unten keine Zeit gefunden hast. Mach's gut!

Mini_Midi_Maximode

Kathrins Mutter kommt nach dem Tod des Vaters für vier Wochen zu Besuch, so verbringt sie ein paar Monate nacheinander bei ihren Kindern um nicht allein zu sein.
Kathrin richtet sich langsam auf ein Leben nach dem Studium ein, bereitet sich auf ihre Arbeit als Lehrerin vor.
Alles, was knielang ist, Strickjacken, die sie noch aus Paris besitzt, Mäntel, verlängert sie mit raffinierten Fransen und Kunstpelzstreifen auf Midi – Länge, so heißt das jetzt, also etwa wadenlang.
Sie näht sich eine Maxi-Patchwork-Lederweste, die sie als Schnittmuster in der „Brigitte" findet. Ein Prachtstück! Graue Wildlederstücke werden mit einer Zickzackschere zugeschnitten und zusammengenäht. Außerdem näht sie sich kleine Fellwestchen, eins in schwarz-weiß, für die langen Röcke, passend dazu Hals- und Armbänder aus Fell. Arne hilft ihr, wenn das Nähen des Leders und der Felle zu viel Kraft erfordert. Dann sitzt er im Sessel und näht mit der Hand. Er hat Spaß daran und hämmert parallel dazu aus Gabeln

und Löffeln Ringe und Halsschmuck.
Trotz aller kreativen Beschäftigung beschleicht Kathrin eine Ernüchterung, was die Euphorie betrifft, nun in Freiburg zu sein.
Vater ist tot, Kathrin fühlt, dass sie nun erwachsen werden muss.
„Hilf dir selbst, dann hilft dir Gott!", dieses Motto übernimmt sie für ihr Leben, nicht ohne das heimliche Gefühl, im Stich gelassen worden zu sein.
Der Alltag wird zur Gewohnheit. Lernen, lernen, spazieren gehen, mit Arne und Freunden auf dem Trimm-dich-Pfad im Wald laufen. Abends Doppelkopf spielen, ab und zu in den Freiburger Gaststuben essen gehen. Das Studium neigt sich dem Ende zu. Kathrin ist froh darüber. Sie braucht jetzt etwas Neues, will Geld verdienen und unterrichten.
Sie schafft die Prüfung in Karlsruhe nicht ohne den Schrecken einer missglückten Teilprüfung. Die mündliche Französischprüfung absolviert sie glänzend, die Klausuren sind mittelmäßig ausgefallen. Aber es reicht!
Mutter schreibt ihr, dass sie Waisengeld vom Staat bekommt, bis sie fünfundzwanzig wird, also noch ein halbes Jahr lang. Kathrin greift

zu und fährt nach Osnabrück, wo sie zwei Monate jobbt. Geld können sie und Arne immer gebrauchen.

Anfang Mai geht es zurück nach Freiburg. Dort ist der Frühling schon viel weiter als in Norddeutschland, und es ist warm. Sie freut sich, dass sie noch etwas Zeit hat, bevor sie nach Karlsruhe muss.

Sie hat jetzt die erste Prüfung für Realschullehrerinnen bestanden und wird nach den Sommerferien ihre Referendarzeit in Karlsruhe beginnen. Dann bekommt sie ein Gehalt, von dem sie und Arne zusammen leben können, wenn Arne hin und wieder etwas dazuverdient. Es ist nicht viel, aber immerhin das Doppelte von dem, was sie von ihren Eltern bekommen hat. Davon kann sie sich auch ein zweites Zimmer in Karlsruhe leisten, da sie von Montag bis Freitag nun in Karlsruhe ist. Jedes Wochenende fährt sie mit einer Mitfahrgelegenheit nach Freiburg.

Kathrin steht vor dem Spiegel und versucht, durch ihn hindurch zu sehen.

Sie erblickt einen grauen Vorhang. Neugierig teilt sie ihn und durchschreitet ein riesiges Zimmer voller Bücher. Was für eine Bibliothek!

Danach kommt sie durch ein Herrenzimmer. Hier sitzen Männer, philosophieren und rauchen Pfeife. Sie fühlt sich angeregt, aber ausgeschlossen und strebt auf die nächste Tür zu. Dahinter öffnet sich ein altmodisches Klassenzimmer, mit vielen kleinen Pulten, Tafeln und Griffeln. Vorne das Lehrerpult. Es ist ihr vertraut, sie fühlt sich hier sicherer als in der Bibliothek, fröstelt aber. Ein wenig übel ist ihr auch. Es wirkt so kahl. Die vielen Kinder, die hier sitzen könnten, bei der Vorstellung des prallen Lebens, der verletzten Seelen, ihrer Unschuld und Lebensfreude bekommt Kathrin Angst. Sie soll da vorn stehen, so wie Frau T. und Frau O. das früher taten, und all diesen Kindern ihre eigene Unzulänglichkeit vorführen?

Schnell weiter! Die Tür führt hinaus in einen verwilderten Garten.

Endlich frische Luft! Vor ihr steht ein Apfelbaum mit roten Früchten. Sie pflückt sich einen Apfel, beißt herzhaft hinein und setzt sich ins Gras. Die Septembersonne wärmt sie.

In der Referendarzeit müssen sie Vorführstunden halten. Kathrin bewundert eine Kollegin, deren Stunden wunderbar laufen. Sie ist so sicher und alles funktioniert bei ihr wie geschmiert. Bei Kathrin klappt es nicht so gut. Sie weiß nicht, woran es liegt.

Einmal sucht sie ein Lied aus: „Au clair de la lune". Die Stunde gelingt ihr besonders gut. Sie fühlt sich in ihrem Element, gestaltet ein Plakat, das den Inhalt des Liedes illustriert, spielt die Kassette mit dem Lied vor. Die Kinder singen mit und Kathrin gelingt es, ein bisschen französische Atmosphäre zu zaubern. Sie bekommt eine sehr gute Bewertung für ihre Stunde.

Auch die zweite Lehramtsprüfung wird überstanden mit einer guten Beurteilung in der Unterrichtspraxis. Dann sind erst einmal Ferien, an deren Ende Kathrin bangt, wo sie in dem Flächenstaat Baden-Württemberg ihre erste Stelle antreten soll.

Es wird ein kleiner Ort an der Schweizer Grenze, mit dem Auto über die Autobahn, einmal nach Basel rein und wieder raus, sechzig Minuten von Freiburg entfernt.

Sie bezieht dort ein Zimmer mit einer neuen Kollegin, in dem sie dreimal die Woche übernachtet.

Das rot-weiße Wickelkleid

„Keiner sitzt jetzt mehr hinten im Klassenraum und beobachtet mich, ob ich alles richtig mache", denkt Kathrin erleichtert, als sie die ersten Wochen Unterrichtspraxis hinter sich hat.
Aber eine volle Stelle ist schon eine Herausforderung. Anstatt immer mal ein Stündchen mit langer Vorbereitungszeit zu halten, muss sie jetzt sechsundzwanzig Schulstunden wöchentlich unterrichten, dazu kommen Vorbereitung, Konferenzen, Elterngespräche, Ausfüllen von Unterlagen, sich Notizen über die Beteiligung von Schülern machen und die Korrekturen.
Aber sie ist stolz, besonders über ihr erstes Gehalt, das jetzt schon eine erhebliche Steigerung zum Referendarsgehalt darstellt.
Sie und Arne teilen sich ein VW Käfer Cabrio, mit dem Kathrin jetzt unterwegs ist.
Das Wetter ist schön und Kathrin beschließt, mit dem offenen Cabrio zum Korrigieren auf eine blühende Wiese in den Bergen zu fahren.
Bei schöner Aussicht und dem Geruch von Wiesenblumen lässt es sich viel leichter arbei-

ten. Morgen ist Mittwoch, und dann fährt Kathrin nach der Schule nach Freiburg. Am Donnerstag hat sie erst zur zweiten Stunde und muss nicht ganz so früh aufstehen.
Die Schüler sind munter und Kathrin hat alle Hände voll zu tun, sie zur Ruhe zu bringen.
„Mir wolle Klöpferbrote, Klöpferbrote!", erklären sie immer wieder.
Wenn sie sich in ihrem fast schweizerischen, südbadischen, dörflichen Dialekt unterhalten, versteht Kathrin kein Wort. Ein Wandertag steht an und wieder rufen sie: „Klöpferbrote, Klöpferbrote""
„Ja, dann bringt sie doch mit, eure Klöpferbrote!",
sagt Kathrin.
Bei der Wanderung erscheinen die Schüler mit Spießen und Würstchen und Kathrin erkennt, dass „Klöpfer" Würstchen sind, die sie jetzt am Feuer braten „brote" wollen.
„Dumm gelaufen", denkt Kathrin und zusammen mit den Schülern lacht sie über das Missverständnis, aber schon machen sich einige Jungs daran, Holz für das Feuer zu suchen.
Noch in den Ferien hat Kathrin sich aus weiß-

rotem Baumwollstoff ein rotes Wickel-Mini-Sommerkleid genäht.
Das Spiegelbild nickt anerkennend. „Das ist ja mal wieder ein echtes Kathrin-Kleid", meint es. „Sieht super aus!"
„Ja, da hast du ausnahmsweise mal recht", feixt Kathrin und findet sich auch ziemlich sexy.
„Aber hier in Grenzach-Wyhlen", sie streicht über den Stoff, „mit dem kleinen Kollegium von zehn Lehrerinnen und Lehrern, weißt du, das ist schon ziemlich ... also wie soll ich sagen ...", dabei bindet sie den Gürtel noch einmal neu, „irgendwie spießig. Du meine Güte, diese Gattinnen von den Ciba-Geigy-Bossen, die in ihren Bungalows residieren, das ist", dabei dreht sie dem Spiegelbild den Rücken zu und schaut über die Schulter, „einfach nicht meine Welt."
„Was ist denn deine Welt?", ruft das Spiegelbild ihr über die Schulter zu.
„Na, Freiburg, die Wohngemeinschaft, die Studentenbewegung, das ist aufregend.
Wir lesen jetzt zusammen Karl Marx und diskutieren darüber."
Das Spiegelbild erhebt die Faust. „Vorwärts!"

Es klingelt an der Haustür. Ein hünenhafter junger Mann steht vor der Tür und fragt nach ihrer Mitbewohnerin. Er sei ein Sportkollege. Er mustert Kathrin interessiert und sie bittet ihn kurz herein.
„Der sieht ja aus wie ein Filmstar", denkt Kathrin und bietet ihm ein Glas Wein an.
Sie unterhalten sich und der junge Gott wird immer zutraulicher. Kathrin findet ihn auch sehr attraktiv, schafft es aber gerade noch, ihn elegant zu verabschieden.
Als sie wie in Trance in ihr Zimmer kommt, ruft das Spiegelbild „Schade eigentlich, was?" und grinst.
Kathrin grinst auch und droht dem Spiegelbild mit dem Finger: „Kein Wort mehr!"

Die bestickte hellblaue Latzhose

Kathrin sitzt am Schreibtisch mit ihren Korrekturen. Nach einer Weile lehnt sie sich zurück, steht auf und läßt sich aufs Bett fallen. Ihre Gedanken wandern. Als sie ihr Studium verlängern wollte in Richtung Höheres Lehramt statt Realschule, hatte Vater gesagt: „Jetzt hab ich kein Geld mehr. Du heiratest ja doch!"
Was so viel heißen sollte wie „und dann kannst du nicht mehr berufstätig sein."
Es stimmt, dachte Kathrin, all die berufstätigen Frauen, die sie kannte, ihre Lehrerinnen, die Patentante, eine Schwester von Vater und Freundinnen ihrer Mutter waren nicht verheiratet. Eine andere Schwester von Vater, die immerhin vorgehabt hatte, weiter als Lehrerin zu arbeiten, durfte nicht mehr arbeiten, weil es nur eine Schule am Ort gab, an der ihr Mann Schulleiter war, und es nicht erlaubt war, dass Ehepartner an derselben Schule beschäftigt waren.
„Und jetzt", denkt Kathrin, „bin ich in Lohn und Brot, und ernähre meinen Freund. Wenn wir heiraten würden, würde ich nicht aufhö-

ren zu arbeiten, auf keinen Fall." Sie zückt ihren Taschenspiegel. „Heiraten und Kinder kriegen, weißt du, das kann ich mir überhaupt noch nicht vorstellen."
Das Spiegelbild schüttelt den Kopf. „Ich mir, ehrlich gesagt, auch nicht."
„Dann sind wir uns ja einig", stellt Kathrin zufrieden fest und wendet sich den Englischtests zu. „Jetzt aber ran, sonst schaffen wir das heute nicht!", ruft sie.
Der Spiegel sagt nichts mehr, denn er ruht wieder in seinem Etui.
Kathrin hat ein Versetzungsgesuch geschrieben und, nach einem Jahr, wurde es genehmigt, jetzt muss sie nur noch dreißig Kilometer fahren, nach Müllheim an die Realschule. Das kann sie gut jeden Tag schaffen. Der Schulleiter ist ein Sozialdemokrat, mit dem sie jetzt manchmal über Gewerkschaftsfragen diskutiert. In ihrer Wohngemeinschaft gibt es undogmatische Linke, sie kennt aber auch einige Mitglieder sogenannter K-Gruppen, kommunistisch-maoistisch orientierter Studentengruppen. In den Gewerkschaften streiten sich die verschiedenen Gruppierungen um die „richtige Linie."

„Die haben ja nicht alle Tassen im Schrank", vertraut Kathrin ihrem Spiegelbild an, als sie ein paar Tage später zu Hause sind und sie einer mehr oder weniger massiven Beeinflussung einiger solcher Genossen entronnen ist.
„Die sind von ihrer Meinung so überzeugt, das geht mir auf den Wecker!"
Sie bürstet ihre langen, frisch gewaschenen Haare und runzelt die Stirn.
„Mir auch!", echot das Spiegelbild.
„Na komm, du musst mir aber nicht nach dem Mund reden, das kenne ich ja gar nicht von dir!"
„Na gut, dann sag ich dir, dass sie in vielem auch recht haben. Der Kapitalismus dient dem Kapital und das bedeutet Ausbeutung und Entfremdung der Arbeiter, den Produzierenden aller Werte und Güter sozusagen. "
Kathrin lacht „Hört hört, das aus deinem Munde! Mag sein, aber das heißt ja nicht, dass ich gleich Mitglied in ihrer Gruppe werde. Sie wollten mich unbedingt anwerben."
„Auf keinen Fall!", das Spiegelbild gähnt.
„Du solltest auf alle Fälle unabhängig bleiben! Die Latzhose gefällt mir übrigens, die Stickereien auf dem Latz, das Hellblau, echt

super. Sieht lässig aus."
„Mir gefällt sie auch. Bequem, hübsch, und irgendwie tatkräftig sehe ich darin aus. Beinfreiheit, Bewegungsfreiheit, alles da. Dazu die Plateauabsätze, einfach schick."
Was machen wir heute?" Kathrin gähnt verstohlen. „Es gibt gleich noch Spaghetti Bolognese. Werner kocht, hat er gesagt, und wahrscheinlich lesen wir dann noch ein bisschen Marx. Morgen muss ich wieder früh raus, ich bin ja jetzt
berufstätig." Kathrin streckt sich und stemmt die Hände in die Hüften. „Jawohl, und das nicht zu knapp!"
In der Wohngemeinschaft ist keiner „in Lohn und Brot" wie sie. Einige studieren noch wie Arne, manche promovieren mit einem Stipendium und andere schlagen sich mit Jobs durch. Manchmal hat Kathrin es schwer, weil sie über mehr Zeit verfügen als sie, besonders abends.
Aber im Großen und Ganzen ist sie stolz und glücklich, auch wenn mit den Schülern nicht immer alles so läuft, wie sie es gerne hätte. Außerdem interessiert sie sich jetzt, wie viele andere, für Psychotherapie. Man liest Wil-

helm Reich und natürlich Sigmund Freud.
In den Schriften von Lou Andreas Salomé,
der Psychoanalytikerin und Schülerin von
Freud, liest sie über „Das zweideutige Lächeln der Erotik".

„Ein noch ganz kleines Mädchen, sehe ich
mich aufrecht in meinem Gitterbett stehen,
als mein Vater, in Uniform von einem Galadinner kommend, mich an sich ziehen will
und dabei mit seiner brennenden Zigarette an
meine Schulter kommt. Natürlich schreie ich
mörderisch los, und als er, zärtlich erschrocken ob seiner väterlichen Untat, mich über
und über mit Küssen bedeckt, nehme ich
wahr – in staunender Befriedigung verstummend – dass in seinen stahlblauen Augen Tränen stehen."

Kathrin liest gespannt weiter.

„Als ich ganz klein von Schmerzhaftigkeit der
unteren Gliedmaßen befallen wurde, die man
„Wachstumsschmerz" benannte und die sich
nach einer Weile von selbst verlor, erhielt ich,
zum Trost für das erneute Getragen werden
müssen, kleine weiche Saffianstiefelchen mit
Goldtroddeln daran, was zur Folge hatte,
dass ich das Aufhören der Schmerzen nicht

rechtzeitig signalisierte, besonders, da mein Vater mich häufig trug. Indem diese Fälschung des Sachverhalts als sträflich entlarvt wurde, erfuhr ich mit kummervollem Staunen, dass auch meine Beine durchaus zu dem gehörten, was ich der anderen wegen besaß, dass ich über sie keineswegs disponieren konnte, wie ich wollte, und dass die roten Saffianschuhchen sie nur zum Schein als meinen ausschließlichen Eigenbesitz legitimiert hatten. Immer mehr zog sich dasjenige, worüber kein anderer zu verfügen hat, von den sozusagen äußeren Gütern des Lebens ins gleichsam Unsichtbare, Unfassbare zurück ..."
(Lou Andreas Salomé, Das zweideutige Lächeln der Erotik)

Kathrin hat dem Spiegelbild einen Namen gegeben, es heißt jetzt Marie.
Marie: Wie findest du Lou Andreas Salomé?
Kathrin: Unglaublich spannend!
Das kleine Mädchen, das glaubt, nicht mehr über seine Beine verfügen zu können, wobei sie doch einfach nur die Nähe des Vaters sucht, das Getragen werden. Das könnte sie

doch auch so ausdrücken, indem sie sagt: „Papa, ich möchte auf deinen Arm!"

Marie: Es geht ja um das „Müssen". Sie muss getragen werden, hat also die Sicherheit darüber solange der Zustand anhält. Offensichtlich sagt der Vater sonst: „Du kannst allein laufen."

Kathrin: Ja, sie kann nicht über die Zuwendung und Nähe ihres Vaters verfügen. Das kenne ich.

Marie: Woher?

Kathrin: Ich hab doch mehrere Situationen gehabt, wo ich in Panik geraten bin, nachts, mit Schmerzen, und da mussten die Eltern sich um mich kümmern. Sie haben bestimmt einen ordentlichen Schreck bekommen.

Marie: Und du deine Zuwendung?

Kathrin: Nicht wirklich. Da kam dann der Arzt, und ich musste ins Krankenhaus.

Marie: Dass man zu solchen Mitteln greifen muss!

Kathrin: Das war ja nicht bewusst. Ist überhaupt die Frage, ob man es so sehen kann. Als kleines Mädchen wachte ich mal mit furchtbaren Bauchschmerzen auf und die Eltern holten mitten in der Nacht unseren

Hausarzt. Wir hatten ja kein Telefon, weiß gar nicht, wie sie das gemacht haben, jedenfalls war das in meiner Erinnerung eine ziemlich lange Zeit, in der ich schreckliche Schmerzen hatte und meine Mutter bei mir war. Dann kam der Arzt mit einer Krankenschwester, die mir einen Einlauf verpasste.
Mir war das als kleines Mädchen furchtbar peinlich und ich war innerlich total empört, aber danach waren die Bauchschmerzen weg. Es war einfach nur eine Verstopfung.
Marie: Ist aber ja total rücksichtsvoll von dem Arzt, dass er es nicht selbst gemacht hat.
Kathrin: Daran hab ich noch gar nicht gedacht. Vielleicht hatten sie dafür immer eine Krankenschwester?
Marie: Mitten in der Nacht?
Kathrin: Tja, weiß nicht ... Ein anderes Mal, so mit achtzehn, bin ich schreiend, ebenfalls mit Bauchschmerzen, nachts aufgewacht. Der gleiche Arzt kam, brachte mich ins Krankenhaus, wo sie mir den Blinddarm herausoperierten. Danach kam der Hausarzt zu mir, als ich schon wieder zu Hause war, und sagte, es sei gar nicht der Blinddarm gewesen sondern der Dickdarm. Ich erinnerte mich noch, dass

ich an dem Abend vor den Bauchschmerzen mit Arne essen war, nachdem wir einen unerwartet schlüpfrigen schwedischen Film gesehen hatten. In dem Restaurant haben wir etwas Komisches gegessen, was mir von Anfang an merkwürdig vorkam.
Marie: Und was hat das jetzt mit „Getragen werden müssen" zu tun?
Kathrin: Vielleicht die Vorstellung, dass erst etwas Schlimmes passieren muss, damit sich jemand um einen kümmert. Man kommt gar nicht erst auf die Idee, das Naheliegende auszudrücken und mit den Eltern zu reden, ihnen vom eigenen Kummer zu erzählen oder einfach nur ihre Nähe zu suchen.
Marie: Und warum kommt man nicht auf die Idee?
Kathrin: Vielleicht, weil das Wasser viel zu tief war, wie bei den Königskindern. Irgendetwas, wovor ich Angst hatte.
Gestreifte Nickis

Seit einiger Zeit schon entfernen sich Kathrin und Arne innerlich voneinander. Es gibt so viel Neues, die Berufstätigkeit, die Wohngemeinschaft, die politischen Aktivitäten, alles ist aufregend und schiebt sich, wohl in beider Bewusstsein, in den Vordergrund. Seit Neuestem rebellieren die Frauen gegen ihre Rolle, sie fühlen sich eingeschränkt und drängen auf Freiheit und Gleichberechtigung. Kathrin zieht mit einer Freundin in eine neue Wohngemeinschaft. Sie ist unterschwellig sauer auf Arne, weil der in der letzten Zeit mit anderen Frauen flirtet, was sie mit eigenen fremden Flirts beantwortet. Sie reden nicht darüber, lassen sich treiben. Nach wie vor bleiben sie befreundet und sind füreinander da.

Mit Freundinnen redet Kathrin viel über die Emanzipation der Frau, über mangelnde Vorbilder bzw. wiederentdeckte Vorbilder, die durch den Faschismus und die konservativen 50er und 60er Jahre verdrängt worden waren. Simone de Beauvoir, Alexandra Kollontai, Lou Andreas-Salomé, Anaïs Nin.

Kathrin schaut verträumt in den Spiegel. Hinter dem Spiegel betritt sie eine elegante Bibliothek. Sämtliche feministische Literatur findet sich in den Regalen. Auf dem Tisch liegt das Buch von Lou Andreas Salomé, „Das zweideutige Lächeln der Erotik". Ein Lesezeichen aus feiner Seide liegt darin. Kathrin schlägt das Buch an der gleichen Stelle auf und liest: „Recht persönlich muss ich damit beginnen zu sagen, dass sich meine allerfrüheste Erinnerung auf Knöpfe bezieht. Auf geblümtem Teppich, darauf ich saß, stand vor mir geöffnet ein brauner Kasten, in dessen Inhalt, unter gläsernen, beinernen, bunten, phantastisch geformten Knöpfen ich kramen durfte, wenn ich entweder sehr artig gewesen war, oder wenn meiner alten Wärterin keine Zeit für mich übrig blieb. Der Knopfkasten hieß, anfänglich naiv, später ironisch verstanden, der Wunderkasten, und anfangs repräsentierte er für mich wohl auch Wunder schlechthin, dann – vielleicht weil man mich die entsprechenden Wörter daran kennen lehrte - bewunderte ich in den Knöpfen ebenso viele Saphire, Rubine, Smaragden, Diamanten und anderes Edelgestein, wodurch noch heute das russische Wort für „Juwel" (jemtschug) mir einen seltsam erinnerungsreichen Klang behalten hat. Die Knopfjuwelen blieben auf lange hinaus der Inbegriff dessen, was als wertvoll betont, und deshalb gesammelt, nicht fortgegeben wird (wie in der

Tat die damals verhältnismäßig kostspieligeren Modeknöpfe nach Verbrauch der Kleidungsstücke aufbewahrt wurden). Und mir ist, als ob diese Vorstellung der Knöpfe als kostbarster Stücke sich in mir bereits unmittelbar zurückgegründet haben müsse auf eine noch ursprünglichere, wonach sie *unveräußerliche* Teile darstellten – gewissermaßen Teilstückchen meiner Mutter selbst (respektive ihrer Kleidung, an deren Knöpfen ich von ihrem Schoß aus hantieren mochte) oder vielleicht der (mir anhänglichen) Amme, an deren Brust hinter der geöffneten Kleidung ich den ersten Rubin praktisch kennenlernte. Wenigstens entsinne ich mich, dass, als sich mir die Knopfschätze hinterher mit einem mir erzählten Märchen kombinierten, worin sie eine mehr interne Angelegenheit vertraten, ich diese neue Auffassung schon wie ein festes Besitztum in mir vorfand. Das Märchen handelte von jemandem, der, in einen Zauberberg dringend, sich in dessen Innern durch alle Reiche des Edelgesteins (Saphire, Rubine etc.) hindurcharbeiten muss zu irgendeiner zu entzaubernden Königin. Gar nicht befremdete es mich deshalb auch, als ich auf meiner

ersten Auslandsreise, mit meinen Eltern in
der Schweiz, einen Berg „die Jungfrau" nennen
hörte. Seitdem befestigte sich mir das
Bild einer unerreichbar hohen, recht vergletscherten
Berg-Jungfrau, die in ihrem Allerinnersten
ungezählte Knöpfe birgt."
Knöpfe? Kathrin legt das Buch beiseite.
Neuerdings achtet sie auf ihre Träume,
schreibt sie auch auf. Welche verschlungenen
Wege geht das Unbewusste, und was bewirkt
es bei ihr?
Kathrin schaudert es. Dabei ist diese Knopfgeschichte
doch nichts Schlimmes, eher eine
schöne Geschichte, harmlos. Oder nicht?

Die Dame des Hauses tritt herein. Sie ist es,
die gute Fee der Kindheit.
Sie strahlt Kathrin an:
„Herzlich willkommen!"
Kathrin ist etwas verlegen, freut sich aber
sehr und drückt ihr die Hand.
„Schaust du dir meine Schatzkiste an?", fragt
die Dame.
„Du meinst das hier?" Kathrin zeigt auf die
Bibliothek.
„Ja, hier sind alle Schätze weiblicher Klugheit

und Errungenschaften versammelt. Das brauche ich, um mich stark und unterstützt zu fühlen."

„Gute Idee!", sagt Kathrin anerkennend.

„Das ist sozusagen mein Kraftraum. Wenn ich mich schlapp und ausgelaugt, verärgert und deprimiert fühle, komme ich in diesen Raum und die gesammelte weibliche Energie durchströmt mich und ich wachse und fühle mich gut."

Kathrin zeigt auf die hohen Regale: „Das ist alles Literatur von Frauen?"

Die Dame nickt. „Es hat mich viel Zeit gekostet, die alten Bücher auszugraben. Da muss man lange suchen. Vieles ist vergessen worden und führt vielleicht in verstaubten Antiquariaten ein trauriges Dasein. Aber ich habe so viel hierher gebracht, wie ich finden konnte. Jetzt sind sie alle versammelt und können sich aneinander freuen und sich gegenseitig austauschen."

„Das ist eine tolle Idee! Aber möglicherweise sind sie sich nicht immer einig."

„Das wäre ja auch langweilig! Aber die Verfasserinnen haben sich durch ihre Werke alle einen Wert und eine Bedeutung gegeben. Das

ist eine gute Voraussetzung!"
„Und wir freuen uns darüber und fühlen uns bestärkt!"
„Vielleicht sollten wir einen Club der toten Dichterinnen, gründen!"
„Die politische Arbeit lässt es ja kaum zu. Es gibt so viel zu erkämpfen. Das kostet enorme Energie."
„Aber hier können wir uns immer wieder die Energie holen, durch die gesammelten Schätze
unserer vergessenen und wiedergefundenen Vorbilder."
Kathrin findet sich in ihrem Zimmer wieder. Sie geht in die Küche. Dort diskutieren Molly und Meike, die Mitbewohnerinnen, und Ulla, eine Freundin.
„In der Psychoanalyse hat man sich nur an Männern orientiert. Freud hatte zu den Frauen nicht viel mehr zu sagen, als dass sie vom Penisneid befallen seien. Dem sozusagen „Nichtvorhandensein von etwas Bedeutendem"! Er hat am Schluss kapituliert und gesagt „Was will das Weib?".
Molly lacht. "Ja, theoretisch. Aber hat er seine Patientinnen auch konkret befragt, was sie

wollen? Wohl eher nicht."
„Was hast du für einen tollen Nicki an? Der ist ja hübsch, blau gestreift, super!" Ulla lenkt vom Thema ab und trinkt genüsslich einen Schluck Weißwein, Kaiserstühler.
„Wir tauschen neuerdings unsere Kleider", erläutert Kathrin. „Das ist super, dann hat man auf einmal ganz viele Nickis."
Ulla seufzt. „Da werde ich ja richtig neidisch."
Kathrin lacht. „Das wollen wir also, wir Frauen? Nickis und so was? Apropos neidisch, es gibt ja auch die These über den Gebärneid der Männer."
Meike grinst. „Na also, das ist doch mal was Neues!"
„Möchtest du auch ein Glas?", fragt Ulla und hebt die Weinflasche an.
„Gerne." Kathrin holt sich ein Weinglas vom Regal und lässt sich das Glas halb voll schenken.
Sie setzt sich zu den anderen an den Tisch.
„Bringt uns Neid weiter? Wir brauchen doch eine positive Identifikation, Vorbilder."
„Die sind uns alle unterschlagen worden, keiner hat über sie geredet, unsere Mütter jeden-

falls nicht, die Väter nicht, in der Schule auch nicht." Molly richtet sich auf.
„Aber jetzt ist Schluss damit!"
Sie lachen und stoßen an.
„Guck mal, was der Weiberrat in Frankfurt geschrieben hat." Kathrin nimmt ein Flugblatt, das auf dem Tisch liegt, und liest mit pathetischer Stimme vor: „Kotzen wir´s öffentlich aus: Sind wir penisneidisch, frustriert, hysterisch, verklemmt, asexuell, lesbisch, frigid, zu kurz gekommen, irrational, lustfeindlich?"
Kathrin holt tief Luft und ergänzt:
„Frauen sind ANDERS!"
Unter Gejohle deklamiert sie:
„BEFREIT DIE SOZIALISTISCHEN EMINENZEN VON IHREN BÜRGERLICHEN SCHWÄNZEN!"
Als Kathrin geendet hat, schütteln sich die Frauen vor Lachen.
„Die haben's ihnen aber gegeben! Müssen die wütend sein", Ulla ist beeindruckt.
Kathrin nickt: „Eins ist richtig, Frauen sind anders. Und wie genau, das werden wir noch herausfinden. Aber jetzt muss ich ins Bett, weil ich morgen Geld verdienen muss. Und

das ist erst mal nicht so anders als bei Männern, aber ein Fortschritt!"
Sie trinkt ihr Glas aus und verabschiedet sich.
Das ist schön, denkt Kathrin, dass morgen wieder Frauen in der Küche sitzen und weiter diskutieren werden. Es tut gut, über all das zu reden.

Lange Jeansröcke und Indisches

Kathrin sitzt an der Nähmaschine. Sie trennt eine Jeans auf, um daraus einen langen Rock zu nähen. Vorne in die Mitte wird ein Keil aufgenäht, auf den Blumen gestickt oder appliziert werden. Der abgetragene, verwaschene Jeansstoff, dem man ansieht, dass er mal eine Hose war, und die leuchtenden Blumen bilden einen reizvollen Kontrast. Sie lässt die Näharbeit sinken und genießt die Stille. Die Mitbewohnerinnen sind jetzt gegen sechzehn Uhr alle unterwegs.
Die Wohnung atmet Jugendstil und Bildungsbürgertum. Von ihrem Zimmer aus sieht sie in den geräumigen Flur, der durch hölzerne Säulen, Bögen und verglastes Jugendstildekor sehr elegant wirkt. Im Flur bietet ein zierliches Tischchen ausreichend Platz für das gemeinsame Telefon und achtlos gestapelte Telefon- und andere Bücher, die noch in Benutzung sind oder einfach liegen gelassen wurden. Unter all dem erstrahlt ein Holzfußboden. Der Glanz rührt weniger von sorgsamer Pflege her als von der natürlichen Qualität des edlen Holzes. Wenn man die Küche be-

tritt, sinniert Kathrin, könnte man als Besucher, aus weniger bildungsbürgerlichem Umfeld stammend, darüber staunen, wie sorglos und nachlässig, aber durchaus nicht ohne Charme, die Dinge ihren Platz einnehmen. Gusseiserne Pfannen hängen an den Wänden. Sie wenden der Betrachterin, vielleicht einer Mutter, die zu Besuch gekommen ist, frech ihre ungepflegte Unterseite zu. Um die Spüle herum stapelt sich schmutziges Geschirr. Die diversen Speisereste können entspannt vor sich hin trocknen, sie werden sich in Ruhe ihrer natürlichen Veränderung hingeben können, ungestört von putzwütigen Übergriffen mit Wasser und Spülbürsten. Kathrin grinst. Es ist nicht so, dass die Frauen hinter den männlichen Mitbewohnern her räumen. Dann bleibt eben was liegen. Auf dem Tisch stehen benutzte Becher, geöffnete Marmeladengläser, eine Thermokanne und Margarinebecher. Der Schwerpunkt der Aktivität der Mitbewohnerinnen ist an den Wänden unschwer zu erkennen. Dort hängen politische Plakate, mehrere geben Auskunft über das „Kino Aspirin". Darunter steht ein Zitat des salvadorianischen Lyrikers und Revolutionärs Roque Dalton: „Der Kommunismus wird sein (unter anderem) ein Aspirin von der Größe der Sonne."

In der Wohnungstür dreht sich ein Schlüssel, ihre Freundin Laura betritt die Wohnung und sieht Kathrin an der Nähmaschine sitzen. Sie hat selbst einen langen Rock an, der aus einer Jeans genäht wurde. Er ist mit Blumen bestickt. Sie hat ihn vom Flohmarkt.

„Fleißig, fleißig!", sagt sie und inspiziert das noch nicht fertige Teil. „Kommst du mit in die Badewanne?"

Kathrin und Laura sind zusammen nach Frankreich in die dreißig Kilometer entfernte Stadt Colmar gefahren und haben dort einen edlen Badezusatz erstanden, der in Freiburg unerschwinglich ist.

„Ja, gleich." Kathrin näht eifrig weiter.

„Ich lass schon mal Wasser ein." Laura verschwindet in ihrem Zimmer.

Später sitzen Laura und Kathrin in der schaumbedeckten geräumigen Badewanne und genießen die entspannte Atmosphäre. Vor ihnen liegt quer über der Badewanne ein Brett, darauf ein Stillleben von Weingläsern, Zeitschriften, Broschüren, einem üppig ge-

schwungenen Kerzenhalter, Zigaretten und Aschenbecher. Aus dem Nebenraum klingt heitere Musik, Klaviermusik von Manos Hadzidakis, einem griechischen Komponisten.
"Hallo." Eine riesige Gestalt erscheint in der Tür. Thomas, ein Mitbewohner, stolpert, erschrocken über so viel Weiblichkeit, über die Schwelle und verschwindet blitzartig wieder.
"Sagt Bescheid, wenn das Bad frei ist, ich muss um acht zur Basisgruppe", murmelt er beiläufig aus sicherer Entfernung.
Die beiden Frauen grinsen sich an und nippen an ihren Weingläsern.
„Kommst du nachher mit ins Kino Aspirin? Sie zeigen einen Film über Kuba.", sagt Laura.
"Klar komme ich mit"
„Wollen wir am Samstag nach Basel fahren? Im Kaufhaus Jelmoli soll es neue indische Hemden und Kleider geben."
Kathrin nickt. „Können wir machen, und auf dem Rückweg durch das Hexental, frische Nüsse im Gasthaus zum Hirschen essen, und neuen Wein trinken!"
„Oh ja, mal fragen, wer noch mitkommen will."
„Und fahren kann, weil er keinen Alkohol

trinkt, das wäre gut!" Kathrin denkt praktisch.

Laura steht auf. „Ich muss jetzt raus. Wir treffen uns später."

Kathrin zieht sich an, geht in ihr Zimmer und greift zur Gitarre. Neuerdings bringt sie sich Gitarrengriffe, nach „Peter Burschs Gitarrenschule" bei. Das ist ganz einfach, mit zwei Griffen kann man schon ein Lied spielen, „Get back" von den Beatles.

Marie schaut ihr vom Spiegel aus zu und wippt mit den Füßen im Takt.

„Jetzt muss ich aber los!" Kathrin schaut auf die Uhr, steht auf, schminkt sich noch ein bisschen und sagt „Ciao Baby" zu Marie. Die grinst und sagt: „Glaub bloß nicht, dass ich hier bleibe!"

Patchworkkleider

Kathrin hat die Musik gepackt. Sie übt täglich Gitarre und singt dazu Lieder aus den Heften „Student für Europa", darunter auch Kinderlieder für die Schüler. Eine Zeitlang spielt sie sogar mit anderen Frauen zusammen in einer Band. Die Studentenbewegung geht über in die Anti-AKW-Bewegung. Es sind heiße Zeiten, in Wyhl wird der Platz besetzt, die Wohngemeinschaft ist mitten im Geschehen. Kathrin hält sich ein bisschen heraus, sie macht ihre Arbeit in der Schule, ihre Musik, und nimmt an gruppentherapeutischen Wochenenden teil. Die Gestalttherapie von Fritz Perls interessiert sie sehr, sie ist körperorientierter als die Psychoanalyse, nicht so verkopft, findet Kathrin. Außerdem vielfältiger und kreativer. So vergehen zwei Jahre. Arne und sie sind jetzt getrennt, aber immer noch verbunden. Arne hat wechselnde Freundinnen, ebenso geht es Kathrin mit Männern. Sie ist aber viel zu beschäftigt, um an eine neue dauerhafte Beziehung zu denken.
Eher denkt sie darüber nach, eine psychotherapeutische Ausbildung zu machen. Wieder

gibt es eine Phase, in der sie an sich zweifelt und ihre Laune sehr schwankend ist, auch aufgrund der Trennung. Jetzt eine neue Beziehung? Irgendwie passt es nicht. Da helfen ihr die therapeutischen Gruppen sehr.
Dann passiert es doch: Sie verliebt sich Hals über Kopf in einen Therapeuten aus Norddeutschland, den sie auf einem Seminar in Österreich kennengelernt hat.
Und plötzlich weiß sie: Sie will weg aus Freiburg!
Es muss noch mehr geben außer reden, diskutieren, politisch arbeiten. Noch etwas Anderes. Eine unbestimmte Sehnsucht treibt sie voran, ist es die Liebe? Doch bevor Kathrin Freiburg verlassen will, ist die Beziehung schon wieder am Ende. Michael, so heißt der Therapeut, hat ihr übel genommen, dass sie nicht zu ihm aufs Dorf ziehen will, sondern nach Hamburg in die Großstadt. Kathrin zieht es in die Großstadt. Michael hat ein Bauernhaus gekauft, eine Stelle im Krankenhaus in Schleswig angetreten und will nun eine Familie gründen.
Darüber hat er offensichtlich sehr feste Vorstellungen. Kathrin ist baff. Er hat ihr das vor-

her gar nicht gesagt, sondern sich von ihr getrennt und diese Begründung angegeben.
Was nun?
Kathrin ist wie vor den Kopf gestoßen, sie berät sich mit Marie, ihrem Spiegelbild.
Marie ist energisch: „Das mit Michael ist doch egal. Wenn es mit der Versetzung klappt, gehen wir nach Hamburg. Hier löst sich sowieso alles auf."
Kathrin ist mit ihren Gedanken woanders. „Wieso? Na ja, du könntest recht haben. Die Pläne gehen auseinander, die WG könnte sich auflösen, irgendwie machen alle so ihr Ding, es gibt kaum noch Gemeinsames."
„Genau! Und bevor hier alles auseinanderfällt, können wir auch einen Abflug machen. Was riskieren wir schon? Zur Not bewerben wir uns wieder zurück nach Freiburg, Hamburg ist doch ein attraktiver Ort für einen Tausch."
Kathrin wirkt in sich gekehrt, doch sie lässt sich von Maries Schwung mitziehen. Sie ist jung, dreißig Jahre alt, wann wird sie noch einmal so eine Gelegenheit bekommen? Wahrscheinlich nie.
Sehnsucht hat sie reichlich, nach Verände-

rung, Neuanfang, nach irgendetwas, was sie
noch gar nicht richtig kennt. Tabula rasa, Freiheit, die Seiten ihres Lebens neu beschreiben!
Dafür fühlt sie sich plötzlich reif.
Jetzt fühlt sie eine enorme Energie.
„Gut", sagt sie zu Marie, „wir machen es,
wenn die Versetzung klappt. Dann ist das
so."
Marie nickt ihr zu. Beide sind sich auf einmal
sicher.
Seit einiger Zeit näht Kathrin Patchworkkleider aus Blümchenstoffen. Den Schnitt hat
eine Freundin selbst kreiert. Kathrin näht und
näht.
Keiner versucht sie in ihrem Entschluss umzustimmen. Alle haben mit sich selbst zu tun,
sind im Aufbruch, machen sich auf ihren
Weg.
Kathrin träumt:
Sie läuft in einen Tunnel, um sie herum sind
viele junge Leute, die in ihrem oder anderen,
parallel verlaufenden Tunneln
einem Ziel entgegengehen. Sie läuft und läuft,
erwartungsfroh, immer weiter und weiter
und weiter. Plötzlich denkt sie: Wo geht das
denn hin, ist ja so dunkel hier, kommt auch

wieder mal Licht? Oder soll ich zurück gehen? Das muss ich jetzt entscheiden, sonst ist es zu spät. Sie geht weiter und hat damit entschieden. Endlich, nach langer Zeit, öffnet sich der Tunnel und sie sieht einen Hafen in der Ferne, mit großen Schiffen und Häusern. Neben ihr streben viele junge Leute lebhaft und aufgeregt diesem Ziel zu. Kathrin ist überwältigt. Plötzlich ist Marie neben ihr.
„Das da", flüstert sie Marie zu, „ist die große weite Welt!"
Marie nickt heftig und vergnügt. Sie halten sich fest an den Händen und erreichen ihr Ziel, die Stadt, in der sie ihre Wünsche verwirklichen wollen, von denen sie bis jetzt nur eine vage Ahnung haben.

Quellenangaben

Französische Feenmärchen des 18.Jahrhunderts, Verlag Rütten & Loening, Berlin, 1974

Karin Michaelis, Bibi und ihre Freundinnen,
Göre bei Kore,
Kore Verlag, Freiburg, 1997

Lou Andreas Salomé, Das zweideutige Lächeln der Erotik, hrsg von Inge Weber und Brigitte Rempp, Kore Verlag, Traute Hensch, 1990

Über die Autorin:
Anna-Katharina Hölscher wurde in Lintig bei Bremervörde geboren und wuchs in Osnabrück (Niedersachsen) auf.
Schon als junges Mädchen nähte sie ihre Kleider selbst .
Sie studierte in Münster i.W. und Freiburg i.Br. Lehramt mit den Fächern Englisch und Französisch, arbeitete als Lehrerin in Freiburg und entdeckte die Musik und den Tanz als Leidenschaft in ihren Zwanzigern. Die Sehnsucht nach Norddeutschland trieb sie nach fünf Berufsjahren nach Hamburg, wo sie ihre musikalischen und tänzerischen Fähigkeiten weiter entwickelte . Sie gründete in den Achtzigern mit zwei anderen Frauen das Tanzstudio Triade und unterrichtete Tanz an der Max-Brauer.-Gesamtschule .
Sie hat zwei erwachsene Söhne,, mit denen sie musikalisch zusammenarbeitet Über dreißig Jahre lang unterrichtete sie an Gesamtschulen Deutsch, Englisch, Französisch, Musik und Tanz. Heute arbeitet sie als Moderatorin und Veranstalterin von „Annas Salons", Sängerin und Autorin.
www.anna-hoelscher.de